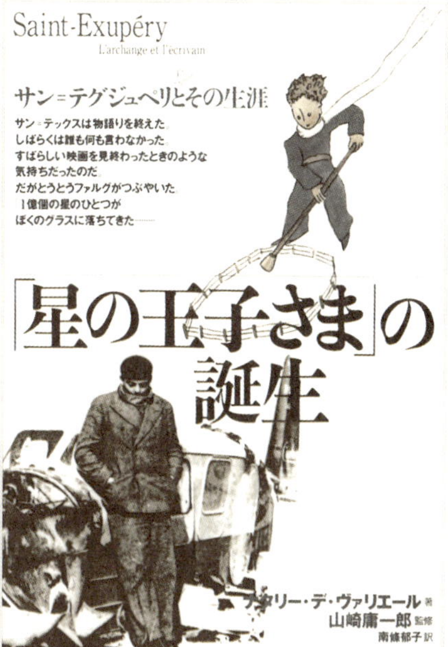
Saint-Exupéry
L'archange et l'écrivain
サン＝テグジュペリとその生涯
サン＝テックスは物語りを終えた。
しばらくは誰も何も言わなかった。
すばらしい映画を見終わったときのような
気持ちだったのだ。
だがとうとうファルグがつぶやいた。
「1億個の星のひとつが
ぼくのグラスに落ちてきた……」
「星の王子さま」の
誕生
ナタリー・デ・ヴァリエール 著
山崎庸一郎 監修
南條郁子 訳
知の再発見 双書89
絵で読む世界文化史

日本語版監修者序文

山崎庸一郎

サン＝テグジュペリと言えば，なにをおいても，まず『星の王子さま』である。「ねえ，ヒツジの絵を書いてよ。」砂漠のまんなかに不時着した飛行士の前に突然現れた一人の不思議な子供は，こう要求する。一週間分の飲み水しかない飛行士は，機体の修理に懸命だ。その成否に彼の生命がかかっている。そんな彼にとって，子供のこの言葉は，文字通り絵空事，悪ふざけ，冗談としか思われない。ところが，まさにこの言葉は，物語の中に一つの別の空間を開く鍵なのであり，このあと次第に，大人が仕事にかまけて忘れ去ってしまった子供の無邪気な詩的世界が繰り広げられてゆくことになる。

作品自体がいい。構成も冒頭からひとの意表をつく。作者自筆の挿絵もかわいらしいし，底流をなす憂愁，アイロニー，そこはかとなく漂う気品も好ましい。筋や細部を忘れ去ったあとも，えもいえぬ雰囲気が心にいつまでものこる。そして読者は，作品の魅力のとりこになりながら，子供に導かれて，現代社会を生きるわれわれにとってきわめて貴重な教訓を受け取るのである。仕事だけに夢中になり，数量に翻弄されながら，そのことに虚栄と自己満足を抱いている人たち，まじめすぎる大人たちに対する心に響く批判を。

そんなふうに仕事をからかい，夢見る権利を主張するサン＝テグジュペリは確かに存在する。しかし逆に，労働を賛美するサン＝テグジュペリもまた存在するのだ。この作家は，ライト兄弟の初飛行の三年前に生を享《う》け，リンドバーグと同年代に活躍し，第二次大戦で未帰還となった著名な飛行機乗りである。彼は空のコンラッドと言われる作品をいくつも残した。たとえば，『星の王子さま』と同じようによく読まれている『夜間飛行』もその一つだ。

作中で問題とされる航空郵便事業は，ヨーロッパと南米との間で，一刻も早く通信を送りとどけることを使命としている。そのためにシステムがつくられ，まだ性能が未熟な当時の飛行機を操る飛行士たちに，危険な夜間にも飛行することが強制される。彼らには，システムが最大の効率をもって作動するために，不可能を可能にすることが求められるのだ。そのうえで，個人の幸福さえも犠牲にして，個人を超える偉大な事業に身を捧げることにこそ真の価値があると説かれるのである。

優しいサン＝テグジュペリと厳しいサン＝テグジュペリ，いったいどちらが本物なのか？　書斎の中で実験的な作品を頭で考える作家とは異なり，この飛行家作家においては，生涯と作品がより不可分であることは言うまでもない。しかし，作品が経験にもとづいているといっても，作品の中で自分を洗いざらい，ありのままに語ったと断定することはできない。

彼の死後，はじめは一致した賛辞ではじまった。作品に気高さを与えている克己，沈着，勇気，規律，友愛といった美徳は，しばしば作者その人の中に移し入れられて語られた。やがて，反動が起こり，彼が異論を許さぬ英雄でも聖者でもないことに気づいた人たちが，好んで辛辣な指摘や皮肉な言葉をならべ立てるということも起こった。神話化のあとにその否定が生じたのである。

簡単なことだが，サン＝テグジュペリもまた，しばしば矛盾にまでいたる複雑さを秘めた一個の人間だったことから出発しなければならない。堂々たる家名を有する城館育ちの貴族の御曹司が，こともあろうに，当時は命知らずのやくざ稼業と言われた飛行士になった。二つの失われた時，幸福だった子供時代と苛烈だったアエロポスタル社時代という相反する時代への郷愁に引き裂かれて生きた。飛行士としての美徳を身につけようとしたことは事実だとしても，気まぐれ，放心癖，わがまま，浪費癖などの負の要素はいつまでも残った。

また，出自からも，受けた教育からも，育った環境からも，保守的，伝統的であって当然という要素を多く持っていたし，政治や社会の見方においても，生活態度や美的趣味においても，しばしばエリート主義だった。死を前にして，当時世界で最高速を誇るP38ライトニング機を操縦しながら，本物の糞をする故郷プロヴァンスの馬車をなつかしみ，アメリカ軍の飛行基地で若者たちと共同生活を営みながら，立ったままの短時間の食事やジャズを嫌悪して，中世の騎士道やグレゴリオ聖歌に想いを馳せていた。

こう考えると，サン=テグジュペリは，古きよき時代のものと大胆で新しいもの，伝統と革新とのせめぎ合いの中で生き，ときに歓び，ときに悲しみ，ときに絶望の淵にまでいたりながら，不器用かつ誠実に努力し，一種の爽快感を残して視界から消え去った，魅力溢れる人物と言えるだろう。本書の著者ナタリー・ヴァリエールは，サン=テグジュペリと仲のよかった実妹ガブリエルの孫娘に当たる。現在，作家について情報を得るのに最も有利な立場にある女性である。本書にも彼女の客観的で綿密な調査の結果がみごとに現れていて，歓ばしい。

『星の王子さま』のための水彩画と
同書の表紙

『戦う操縦士』再版のための表紙装丁（背景）
と同書表紙（初版）

『星の王子さま』のための水彩画と
文庫版『戦う操縦士』の表紙

『夜間飛行』再版のための表紙装丁
と同書再版の表紙

『星の王子さま』のための水彩画（背景）と文庫版『夜間飛行』（1956年）の表紙（左）と同書（1964年）の表紙

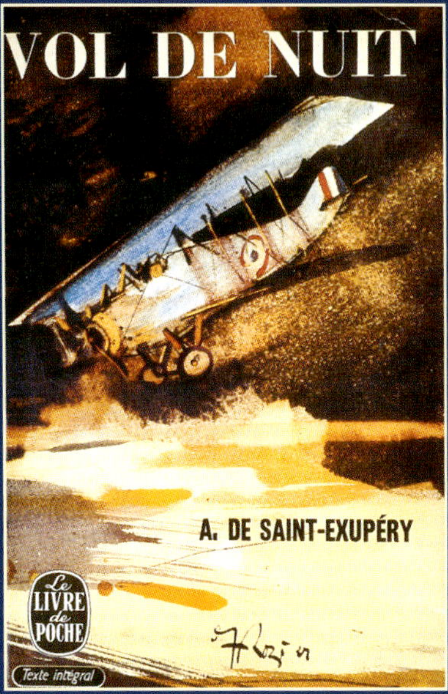

『人間の大地』再版のための表紙装丁（背景）と
同書限定版

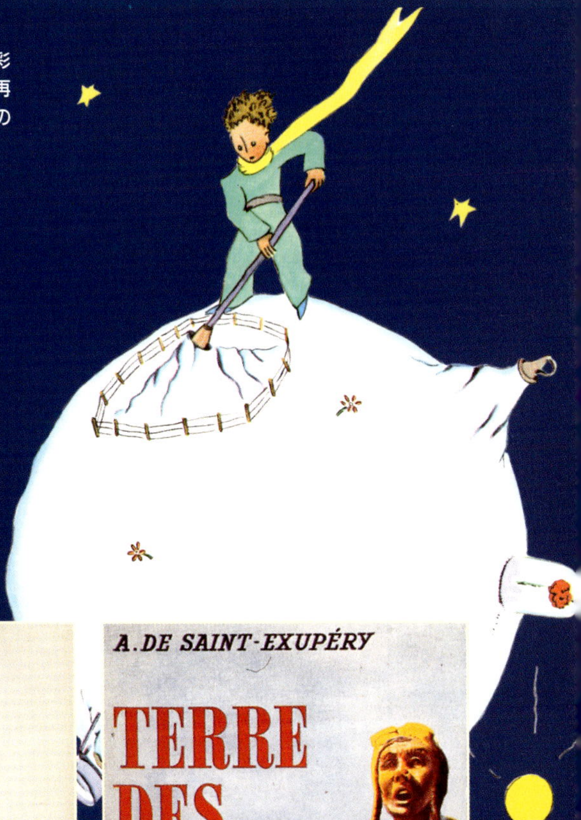

『星の王子さま』のための水彩画（背景）と『人間の大地』再版のカバー（左），文庫版同書の表紙（右）

『南方郵便機』再版の表紙装丁（背景）と
同書初版表紙

『星の王子さま』のための水彩画（背景）と
文庫版『南方郵便機』の表紙

CONTENTS

「星の王子さま」の誕生

ナタリー・デ・ヴァリエール❖著
山崎庸一郎❖監修

「知の再発見」双書89
創元社

❖「どこかに、暗い樅と菩提樹のしげる広い庭と、わたしの愛する古い家があった。……その家が遠かろうと近かろうと、そんなことはどうでもよかった。ただ存在するというだけで、その家はありありと姿をあらわし、わたしの夜を満たすのだった。わたしはその家の子どもだった。わたしのなかにはその家のさまざまな匂いの思い出、玄関ホールのひんやりとした空気、さざめく人声が満ちていた」……………………………………

第１章

子どもの国の王子さま

⇦子どもたちが遊んだクマのぬいぐるみ
⇨７歳のアントワーヌ——子どもの頃，彼は「太陽王」と呼ばれていたが，それは金髪の巻き毛のせいばかりではなかった。想像力に富み，我が強かった彼は，何があってもかならず目的をとげた。母に話をねだるときは，いつも小さな緑色の椅子をひきずってあとを追いかけた。

1900年6月29日，アントワーヌ・ド・サン＝テグジュペリは，フランス中部の大都市リヨンに生まれた。たまたまリヨンに，と彼自身はいっている。母マリーは南仏のプロヴァンス地方の出身だった。リヨンにやってきたのは，大叔母ド・トリコー伯爵夫人の庇護のもと，聖心女学校に通うためである。「おばさま」のサロンにはリヨン中の紳士淑女が出入りしていた。ある日そこに，夫人の遠縁の甥で，先頃リヨンに赴任してきたばかりのジャン・ド・サン＝テグジュペリが姿をあらわした。ド・トリコー夫人は彼がマリーの結婚相手にちょうどよい

⇧ラ・モールの城館——コゴラン付近にあるこの城館は，1770年からフォンコロンブ家の所有となっていた。敷地には中世風の塔が二つついたプロヴァンス風の館のほか，農園と，洗濯場と，本館後ろのパン焼き窯がある。アントワーヌの母マリー・ド・フォンコロンブは，この広い領地でいとなまれる農業のゆったりしたリズムの中で成長した。父シャルルの庇護のもと，アッシジの聖フランチェスコを崇拝していた彼女は，自然や動物をこよなく愛し，どんなに小さい生き物にも尊い命が宿っていることを子どもたちに伝えた。

⇨サン＝テグジュペリ家の子どもたち

と思った。結婚式は1896年６月６日，夫人がアンベリユー近郊に所有するサン＝モーリス＝ド＝レマンスの城館で行われた。

翌年に長女マリー＝マドレーヌ，翌々年に次女シモーヌと，女の子の誕生が続き，そのあとで長男アントワーヌを授かった若い母親は幸せでいっぱいだった。アントワーヌは生まれたときから母の「一生の誇り」だった。続いて次男フランソワ，三女ガブリエルが生まれ，一家はますますにぎやかになった。ところが末娘の誕生からまもない1904年の夏，家長が突然亡くなった。子どもたちを育てるための財源をもたなかったマリーは，父親のシャルル・ド・フォンコロンブがサン＝トロペ近郊に所有するラ・モールの城館に身を寄せた。

「わたしは子どもの頃の遊びを思い出す」

サン＝テグジュペリ家の子どもたちは，プロヴァンス地方のいなかで最初の幼年時代をすごした。ノアの

⇩母，マリー・ド・フォンコロンブ――代々家に伝わる芸術的な雰囲気の中で育った彼女は豊かな感受性にめぐまれ，音楽にも絵画にもすぐれていた。ピアノとギターをたしなみ，生涯パステルで肖像画や風景画を描きつづけた。

⇦（前頁）父，ジャン・ド・サン＝テグジュペリ――ド・サン＝テグジュペリ子爵は1863年にフロラックで生まれた。はじめはトゥールの騎兵隊の士官だったが，軍隊をやめて保険会社に入り，赴任先のリヨンで12歳年下のマリーに出会った。快活で陽気な楽天家だったが，41歳の若さで突然死亡した。５人の子どもたちの中で彼を憶えていたのは上の二人だけだった。

⇦聖十字架学院時代のアントワーヌ

⇩写真帳の表紙――アントワーヌはあまり成績のふるわない生徒だった。同級生にはほとんど笑わない子どもという印象を残している。その一方で，友達の家に朝早く押しかけ，2度目の朝食にあずかることもしばしばだった。「わたしは自分の幸せというものを心得ている生徒で，あわてて人生に立ち向かおうとは思っていなかった」

方舟のような農場で暮らし，羊の群れとともに牧草地を移動する羊飼いのティトのあとをついてまわりながら，のんびりとした生活リズムの中で大きくなった。汽車旅の楽しさも知った。コゴランから南部鉄道にのってサン＝トロペに行くのだ。暑いさかりは，母の配慮で屋内ですごした。そんなとき，母はアンデルセンの童話や聖書のエピソードを語ってくれたが，それらはあとでかれらの劇遊びの題材となった。

1907年，祖父が亡くなり，一家はふたたび後ろ盾を失った。だが，情け深いド・トリコー夫人が進んでかれらの世話を引き受けた。マリーと子どもたちがリヨンを去ってからというもの，夫人は寂しくてならなかったのだ。以後，子どもたちの生活は，サン＝モーリス＝ド＝レマンスの城館か，さもなければリヨンの夫人のアパルトマンで営まれることになった。だが，無数の発見と思い出をかれらに提供したのは，

⇨（右頁）ド・トリコー伯爵夫人（1833〜1919）――子どもたちから「おばさま」と呼ばれていた彼女は，アントワーヌの姉シモーヌによれば「ほとんど失われた世代の生き残り」だった。しきたりには厳しかったが，社交界や遊びやおいしいものが大好きだった。家長として家をとりしきり，大勢の家族に囲まれていなければ気がすまなかった。

何といってもサン＝モーリスの広い庭園だった。子どもの頃，その魅力にとりつかれたサン＝テグジュペリの著書には，それらの発見や思い出がノスタルジックな筆致でそこかしこにちりばめられている。

「わたしは散漫な生徒だ」

⇩学院４年生の頃の作文──この作文には工場で生まれた山高帽が，人や馬の頭をかざったあと，アフリカの首長の頭におさまるまでの顚末が語られている。綴りのミスが多かったが，1914年の最優秀作文賞に選ばれた（→p.131参考）。

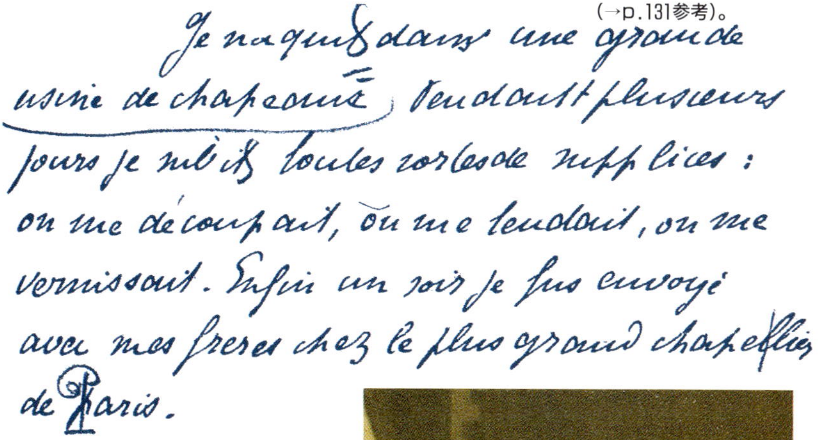
Je naquis dans une grande usine de chapeaux. Pendant plusieurs jours je subis toutes sortes de supplices : on me découpait, on me tendait, on me vernissait. Enfin un soir je fus envoyé avec mes freres chez le plus grand chapellier de Paris.

1909年，父方の祖父の要望で，アントワーヌと弟はル・マンに移り，かつて父が通ったイエズス会の聖十字架学院に入学した。兄弟はそこで初めて厳しい寮生活を知った。「学院の生徒の朝はとてつもなく早い。6時には起きる。寒い。目をこすりながら，つまらない文法の授業を思ってもういやになる。だから病気になれたらいいのに，保健室で目を覚まし，白い頭巾のシスターに甘いハーブティーを枕元に運んでもらえるといいのに，などと夢想する」（出典は

フェルナン・ド・サン=テグジュペリ

アリックス・ブロンキエ・ド・トレラン

ジャン・ド・サン=テグジュペリ

サン=テグジュペリ家の
子どもたち。左から、
マリー=マドレーヌ（長女）
ガブリエル（三女）
フランソワ（次男）
アントワーヌ（長男）
シモーヌ（次女）

ャルル・ド・フォンコロンブ

アリス・ド・ロマネ・ド・レトランジュ

マリー・ド・フォンコロンブ

アントワーヌの両親の結婚は一種の見合い結婚である。父方のサン＝テグジュペリ家は中央フランス有数の旧家で，ヴェルサイユ宮殿の十字軍の間にもその名が記されている。王政復古時代はマルゴーに城を持っていたが，アントワーヌの祖父フェルナン・ド・サン＝テグジュペリはそれを売却して職を探さなければならなかった。彼は第二帝政のもとで副知事をつとめたあと，ル・マンに落ち着き，そこで保険会社を設立した。一方，母方のフォンコロンブ家はもとの姓をボワイエといって，エックス・アン・プロヴァンスの裕福なラシャ製造業者だったが，1715年にフォンコロンブの屋敷を手に入れ，1741年に王の秘書となって貴族の称号を授かった。アントワーヌの祖父シャルル・ド・フォンコロンブ男爵は，会計検査官をへてラ・モールの城館に落ち着いた。その妻アリス・ド・ロマネ・ド・レトランジュは聴覚障害をわずらい，アントワーヌたちにとってはいささか遠い存在だった。1896年，この二家族が縁を結んだとき，サン＝テグジュペリ家は働くことを余儀なくされていたが，フォンコロンブ家の方では所有地をうまく活用していた。

⇦サン＝モーリスの城館北面──この城館はルイ16世の時代に建てられ，王政復古時代にトリコー家のものとなった。これを相続したレオポルド・ド・トリコーと妻ガブリエルは，左右にイタリア式ルーフバルコニーのついた棟を伸ばして第二帝政様式につくりかえた。1874年には，早世した娘のために礼拝堂を建てている。城館の中央には表から裏へ突き抜ける広い玄関ホールがあり，1階はレセプションの間になっていた。大人と姉2人の部屋は2階，アントワーヌ，フランソワ，ガブリエルの部屋は3階にあった。すぐそばの倉庫は，雨の日，子どもたちの遊び場になっていた。

巻末）

アントワーヌは怠慢で，むら気な生徒だった。好きなことには熱中したが，そのひとつは当時現れたばかりの万年筆を分解するというものだった。クラスの新聞を企画したが，創刊号を発表するとさっそく生徒監の神父に禁じられ，仲間とともに長時間の居残りを命じられた。アントワーヌと弟は1914年までル・マンの学校ですごした。学期中，母はかれらの世話を父方の叔母たちに頼み，自分はリヨンで娘たちの面倒をみたり，夫を亡くして以来サン＝ラファエルに住んでいる実家の母をたずねたりした。

「庭園の5人の子ども」

さいわい長期休暇に入ると，アントワーヌは弟とともにサン＝モーリスに帰り，庭を駆けまわったり，科学の実験に熱中することができた。この実験はときに無謀で，菜園の生産性を上げるためと称して蒸気式の

⇧子どもたちが描いた水彩画――上の絵はサン＝モーリスの付属建物をあらわしている。ド・トリコー伯爵夫人の使用人たちは，城館のうしろにあるこの建物に住んでいた。

スプリンクラーをつくろうとしたこともあった。目をみはる弟の前で帆付き自転車をつくり，脚力と風力で空に舞い上がろうとしたこともあった。

５人の子どもたちは庭園でありとあらゆる遊びを考え出した。「なぜならわたしたちは他の人々の遊びを軽蔑していたから」。植え込みは冒険の場所であり，庭の端の古い扉を錆びた鍵であければ，そこは心ときめくおとぎの国の池だった。そして雷鳴がとどろくと，庭を全速力で駆けぬけ，死の雨粒を免れた者が「聖騎士アクラン」となるのだった。

サン＝モーリスはまた独特の雰囲気をもつ古い屋敷であり，開かずの戸棚や，昔の思い出がつまった物置部屋が，夢みる子どもたちの想像力によって，ありとあらゆる冒険や恐怖の場に変った。子どもたちはそこにそれぞれ自分の場所をもち，思い思いに飾りたて，それぞれの流儀で自分らしさを育んだ。

⇦池の前の子どもたち「扉の後ろには水のまどろむ池があり，わたしたちはその水が千年前から動いていないと言って，溜まり水のことを耳にするたびにその池を思い浮かべるのだった。池の表面は小さな丸い緑の葉にびっしり覆われ，石を投げると穴ができた。放たれた石は星のように運行をはじめたが，それというのもわたしたちはこの池を底なし池だと思っていたのだ」

「わたしたちは一種の部族でした」

サン＝テグジュペリ家の子どもたちには秘密の取り決めがあり，そこでは子どもが王さまだった。彼らはよく家政婦をからかったり困らせたりしたが，彼女たちのことは大

好きだった。のちにアントワーヌは二つの本の中で，オーストリア出身の家庭教師ポーラと，衣装戸棚係のモワジー(マドモワゼルの愛称)のことを懐かしんでいる。

子どもたちは大らかな母の暖かいまなざしのもとで成長した。音楽や美術の才能がゆたかに育つようにと，母はかれらにのびのびとふるまわせてくれた。かれらはピアノやヴァイオリンを習い，絵や歌の手ほどきを受けた。文学の才能もなかなかのもので，詩や劇を書いては自分たちで上演した。トニオという愛称でよばれていたアントワーヌは，早くから詩を書きはじめ，称賛のまなざしで見つめる兄弟姉妹の前でそれらを朗読した。真夜中でも平気で母を起こし，あれ

⇦長姉マリー＝マドレーヌ(1912年頃)——音楽はサン＝テグジュペリ家の中でたいへん重要な位置をしめていた。マリー＝マドレーヌとアントワーヌはヴァイオリンを習い，ガブリエルはピアノを習っていた。子どもたち全員がリヨンのオペラ座監督の娘に歌のレッスンをうけていた。日曜日のミサでは，合唱隊の一員として，リードオルガンを弾く母のまわりをかこんだ。夜，一家はサロンに集い，老いも若きもいっしょにフランスの古い歌や，ヴァンデ地方の叙事詩や，賛美歌をうたった。中世の歌謡「宮殿の階段にて」はアントワーヌが一番好きな歌だった。

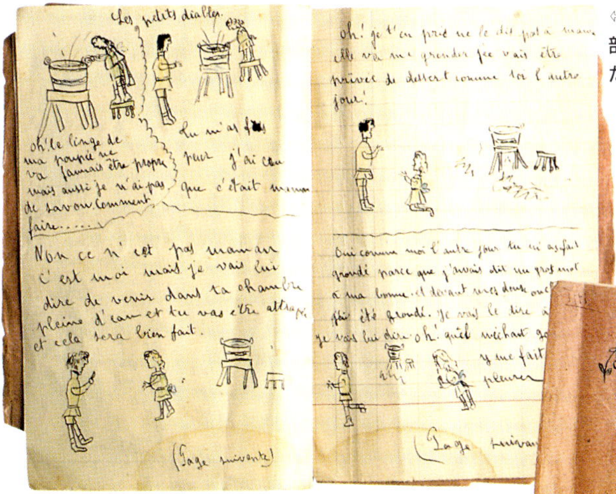

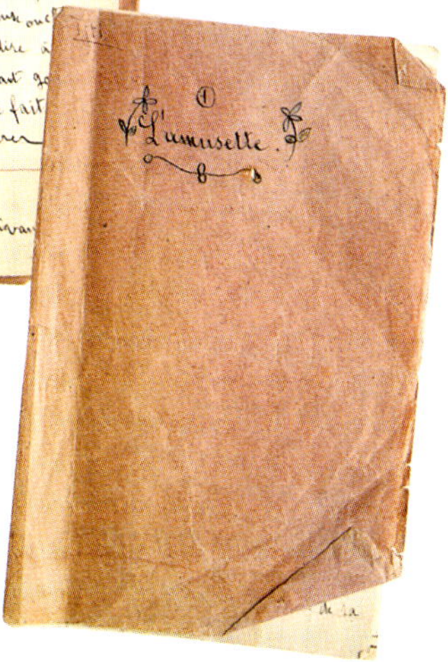

⇦⇩『お楽しみ帳』の一部とその表紙――子どもたちはこのノートを順にまわして，おもしろかったことや楽しかったことを絵入りで寸劇風に書きつけ，のちにそれを大人たちの前で上演した。

やこれやの作品について意見をたずねたりもした。ド・トリコー夫人は厳しかったが，父親に代わる存在ではなく，子どもたちはその旺盛な想像力に方向性を与えたかもしれない父の権威を知らずに育った。

サン＝モーリスに来客があると，子どもたちも時々食事をともにすることがゆるされた。そんなときには客の好感度を採点して声高に発表し，大人には意味のわからない暗号を存分に楽しむのだった。

「翼は夜風にふるえ，エンジンは子守歌で眠れる魂をしずかに揺すっていた」

サン＝モーリスから6 km離れたところにアンベリユーの飛行場があり，飛行機の試作が行われていた。アントワーヌは妹のガブリエルをつれてよく自転車でそこへ出かけ，巨大なコウモリのような飛行機をながめた。村の友だちから整備士を紹介されると格納庫にも足繁く出入りし，工員たちを質問ぜめにした。もちろん母からはそのような妙な機械に乗ることは禁じられており，アントワーヌもしばらくは我慢してい

⇦（前頁）サン＝モーリスの食堂――壁の中ほどまで化粧板の張られた食堂には，熟した果物の香りがいつも漂っていた。この部屋は城館の中で最も広かった。ナラ材に紋章の彫刻がほどこされたアンリ3世様式とルイ13世様式の家具のため，雰囲気はいささか厳めしい。子どもたちから「ヒキガエルのちんちん」と呼ばれていた従僕のシプリアンが，この場をとりしきっていた。

た。だが1912年７月末，とうとう母の反対を尻目に，ガブリエル・ウロブレウスキーの操縦する飛行機に乗って，大空の洗礼を受けた。彼はこのめくるめくような空の思い出をその後も長く胸に抱き続けることになる。

1914年，第一次世界大戦がはじまると，彼は別の寄宿学校に移り，ついでスイスのフリブールにあるマリア修道会の学校に転校した。ここでアントワーヌは文学に目覚め，バルザックやドストエフスキーやボードレールなどを耽読した。

⇧アンベリユー駅で兵士にコーヒーを配る妹ガブリエル（1917年）――第一次大戦が始まると，マリー・ド・サン＝テグジュペリはアンベリユーの駅舎を利用した病院を設立し，みずから看護婦長として指揮をとった。

⇨（右頁）フリブールの寄宿舎のアントワーヌ

「ぼく遺言がしたいんだ」

1917年の夏，弟フランソワが関節リューマチのために亡くなった。アントワーヌは固く口を閉ざして悲しみに耐えた。これは彼が一生を通じて，愛する者を失うたびにとった態度だった。彼に遺言を残した弟の最期について，数行の文章が書けたのは20年も後のことである。「もし弟が塔の建築技師だったら，わたしに塔の建設を託しただろう。もし父親だったら，息子たちの養育を託しただろう。戦闘パイロットだったら，航空関係の書類を託しただろう。だが弟は子どもにすぎない。彼が託すものといえば一台の蒸気エンジンと，一台の

⇦弟フランソワの死に顔――1917年５月17日，フリブールの寄宿舎にいたアントワーヌは母に宛てて次のように書いた。「ボヌヴィ夫人からフランソワの病名をききました。かわいそうに」。弟の命がもう長くはないことを知っていたのだ。２ヶ月後，彼は死の床に横たわる弟を写真におさめた。

自転車と，一丁のカービン銃だけなのだ」

バカロレアの合格とともに，子ども時代と呼ばれる幸福な時代は終わった。

⇩シュドゥール神父の準備クラス――アントワーヌは，数学の授業で苦労した。

「戦争を見たのはこれが初めてですが，その舞台が空だとわくわくしています」

1917年９月，アントワーヌはパリで寄宿生となり，海軍兵学校を目指すことになった。サン＝ルイ高等学校には，グランド・ゼコールの難関突破をめざして，全国から受験生が集まっていた。宿舎はボシュエ高等学校だった。アントワーヌはそこでアンリ・ド・セゴーニュと知り合い，以後長く友情を保った（→p.105)。副校長のシュドゥール神父は彼の面倒をよくみてくれた。

戦時中で物資は乏しかったが，アントワーヌはパリの親戚や友人たちと華やかな都会生活をともにした(→p.103)。光の都に単身で上ってきた田舎者として，ソシーヌ家やヴィルモラン家をはじめ，上流階級にあたたかく迎えられた。ソシーヌ家で知り合った末娘のリネットは，その後も長く彼の文通相手となった。晩餐，観劇，外出……。こうして社交界にデビューするかたわら，彼は苦手な数学の勉強にも。

精を出した（→p.104）。

だが戦争が身近にせまっていた。「太ったベルタ」とよばれるドイツの巨大大砲がパリを砲撃しはじめた。敵の飛行機の活動範囲を狭めるため，パリはその照明を青色に変えた。受験生たちは夜中の警報に叩き起こされ，防空壕に避難しなければならなかった。アントワーヌは仲間とともに舎監の目をかすめて屋根にのぼり，首都を爆撃する飛行機の乱舞を見物した。「敵だ！ぼくもやっとこの目で戦争の一端を見た。これから話すけど……じつに幻想的だ」。だが生徒たちは安全のために，パリ南郊の高校に移された。サン＝テグジュペリは海軍兵学校の入試に２度続けて落ち，３度目の挑戦をするには年をとりすぎていた。

「10年後に自分がどうなっているかななんて，ちっとも気にしていません」

アントワーヌは明確な目標もないまま，美術学校の建築科に入った。「サンテックスを建築家とよぶのはわたしを歯科医とよぶに等しかった。

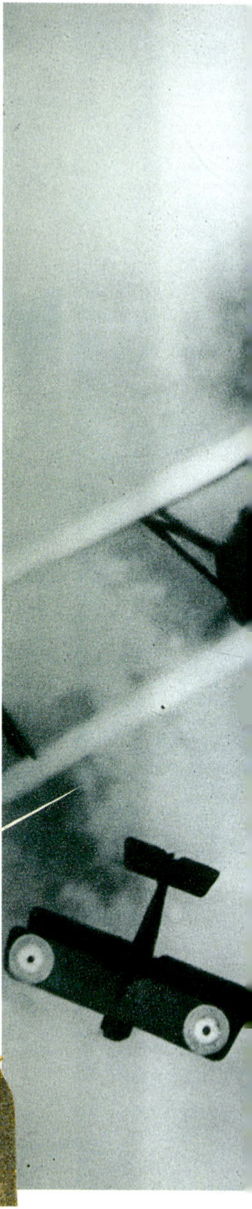

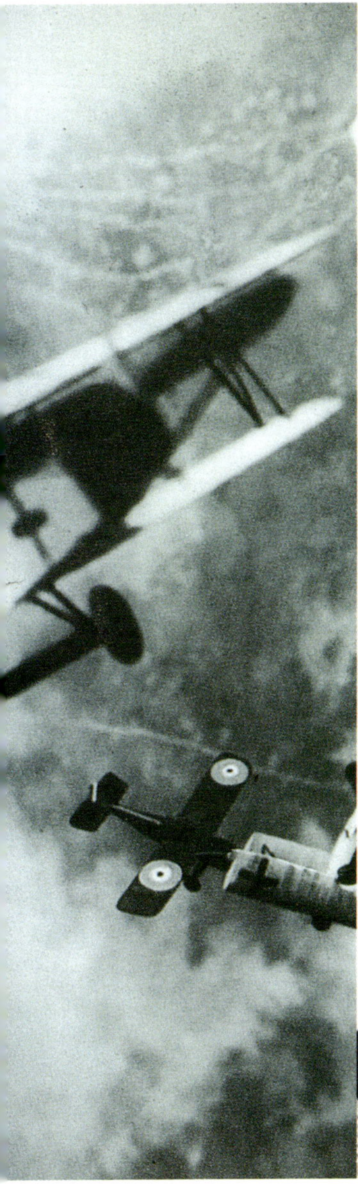

……建築にかける情熱はけっして激しいものではなかったのだから」と，美術学校の級友ベルナール・ラモットは語っている。

アントワーヌは学校のそばのホテルを宿にしていたが，もうひとつ，マラケ河岸にある母方の親戚イヴォンヌ・ド・レトランジュの邸宅にも部屋をもっていた。彼女のサロンには，左岸中に名を知られた作家や編集者が訪れた。アントワーヌはここで1917年頃，作家のアンドレ・ジッドやのちに彼の本の出版元になるガストン・ガリマールらと知り会った。

⇦（前頁）イヴォンヌ・ド・レトランジュ――トレヴィーズ公爵夫人であった彼女は，アントワーヌの母のまたいとこにあたる。「イヴォンヌはすてきです。洗練されています。いっしょにいると一時も退屈しません。パリのすばらしいものをいろいろとぼくに教えてくれます」

⇩ヴァイオリンを弾くアントワーヌ（1917年）
⇙（前頁）1915年4月4日付新聞の挿絵

⇦第一次大戦の戦闘機――開戦から4年後，パリは爆撃を受けた。「大砲や機関銃や爆弾の音を聞くときの気持ちは何ともいえません。おかげで徐々に市民に広がっていた神経症が治ったようです」

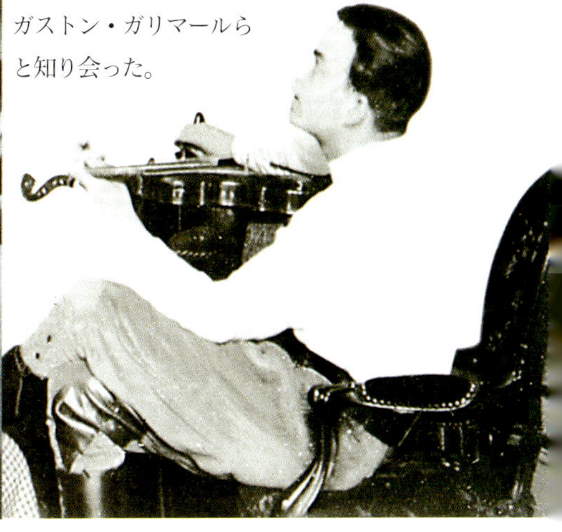

パリの上流社会に迎えられ，豪華な晩餐会に顔を出すかと思えば，安い定食屋にも出入りした。身なりはだらしなかったが，独特の才気のおかげで見逃してもらえた。気ままな生活は1年余り続いた。1921年4月9日，アントワーヌは兵役に就くためにパリを発った。ストラスブールの第二航空連隊に編入され，しがない二等兵として地上勤務員となった。

⇧兵役についたアントワーヌ――彼は飛行機の操縦は好きだったが，理論はわずらわしくて嫌いだったので，何とかして予備役士官候補生の試験に落ちようとした。「とくに受かりたいとは思いません。陰気な軍事理論の学校で頭を鈍らせるなんてまっぴらです。兵卒にいばりちらす役なんてぼくには向いていないのです」

「ぼくがどんなに空を飛びたいかわかっていただけたら」

兵営の暮らしは退屈だったので，サン＝テグジュペリは市内にアパルトマンを借り，自由時間をそこですごした。同僚に見習いの手品師がいて，トランプの手品を教えてくれた。飛行機に乗るためにストラスブールを希望したのに，基地ではもはや飛行士の養成を行っていなかった。だが少しばかり規則を曲げれば，民間航空機の操縦免許を取るための訓練が受けられる。ただしそれには大金が必要だ。アントワーヌはわずかな予算で家族を養っている母を手紙で口説き落とし，とうとう目的を遂げた。こうして彼は操縦士の養成が禁じられていた軍用飛行場で，遊覧用の民間飛行機を使い，しかも

一度も教えた経験のない飛行士から操縦を習ったのである！

免許を取得したサン＝テグジュペリは，モロッコに配属された。砂漠の上を飛ぶかと思うと心が熱くなった。だが現実と夢の落差はあまりにも大きかった。「バナナの木は，ナツメヤシの木は，ココナツの木はいったいどこにあるのでしょう」

アントワーヌは帰国後の生活を心配しながらホームシックにかかった。このころ近親者に送った大量の手紙には，彼の孤独感と倦怠感がにじみでている。

「緑したたる故郷をもう一度見たいものです」

軍隊生活はつまらなかったが，カサブランカの古い街にはひきつけられた。彼はますます頻繁に空を飛ぶようになった。こうした日々が別の色あいを帯びてきたのは，サン＝ルイ校時代の級友の紹介で，高等弁務官のピエール・プリウ大尉と知り合ってからである。サン＝テグジュペリは大尉の家に招かれ，ムー

⇩カサブランカの路地——「カサブランカは新興都市で，威圧感のある建物でいっぱいです。ただ，幸いここには古いアラブ人街があります。高い壁にかこまれたその中では，小売店の照明が明るく光り，さまざまな色の品物がならび，道では菓子売りが大きな銅の盆にのせて赤いメレンゲや青いヌガーを売り歩いています。その上（これがぼくは一番好きなのですが）アラビア風のスリッパの店があって，シンデレラ以外の誰が履くのかと思うような金や銀のスリッパが売られています」

⇦『モロッコの風景』（フォンタナローザ作）——アントワーヌが夢みていた砂漠は椰子の生い茂るオアシスだった。現実の砂漠を目にした彼は，サン＝モーリスの緑の平原につよい郷愁をおぼえた。

ア風の客間でブリッジや音楽に興ずる友人たちとともに夜の集まりをたのしんだ。

1922年2月にモロッコを去ったときは，帰らぬ日々に郷愁をおぼえた。「ぼろのバラックにうずくまって鬱々と日を過ごしていたのに，今ではそれが詩情に満ちた生活のように思い出されます」。帰国後，彼はアヴォールの基地に転属され，次いでヴィラクブレーに移って，同期のジャン・エスコとともに飛行時間をふやしていった。

⇧湖のアントワーヌ(1923年)——砂漠で3ヶ月をすごしてサン＝モーリスに帰ったアントワーヌは，姉シモーヌ(左)，妹ガブリエル（右）とともに水浴を楽しんだ。

1923年1月，サン＝テグジュペリは初期の飛行機事故の犠牲者のひとりとなった。楽しむためにル・ブールジェ飛行場の上を飛んでいたときだった。ひどい打撲傷を負い，その後も長く後遺症に苦しむことになった。それから少しして，動員が解除された。

⇦ソレール社製トラックの広告

「まったく,今の生活にはうんざりです」

パリに帰ったサン＝テグジュペリは，2年前と同じ気ままな生活を再開した。恋をしていたのだ。彼は，兵役に就く前に知りあったルイーズ・ド・ヴィルモランと婚約した。だが彼女の家族が飛行士という職業をよい目で見ていなかったので，何か別の仕事を探さなければならなかった。彼はボワロン瓦製造会社に入社した。そこですごした1年は死ぬほど退屈で，時計を見ては帰れるまでの時間を計算していた（→p.128）。

1924年3月，サン＝テグジュペリはソレールトラック製造販売会社のセールスマンとなった。はじめに3ヶ月の研修があり，機械工場でエンジンの分解の仕方をおぼえた。1924年10月，偶然再会したジャン・エスコと，オルナノ通りのホテ

ルの一室を共有し，夜はモンパルナスやサンジェルマン・デ・プレのバーに繰り出して，数日で給料を使い果たし，あとは貧乏生活に舞い戻るという暮らしぶりだった。1925年にはトラックを売り込むために，中部フランスを走りまわった。「どこへ行ってもカーブばかり，同じようなホテルばかりで，この町の小さな広場に生えている木までワイパーに見えてきます。…ちょっと滅入っています」。この単調な生活にうんざりした彼は，1926年春，自分から会社を辞めた。結局トラックは１台しか売れなかった。婚約は破棄され，職もなく，確固たる目標もない彼は失意のどん底にいた。

⇩カフェの便箋に書かれたジャン・エスコ宛ての手紙（1925年）

⇦妹の結婚式に集まった親族――1923年11月11日，アントワーヌと仲の良かった妹ガブリエルは，サン＝モーリスの城館でピエール・ダゲーと結婚式を挙げた。一方サン＝テグジュペリ（前列右から２人目）は，ルイーズ・ド・ヴィルモランとの婚約が破棄されたばかりで，その苦しみから立ち直れずにいた。

❖「ぼくが必要としているのは、ものを書いてその中にありのままの自分を探し求めることです。ぼくの書いたものは、感じたり見たりしたことを誠心誠意考えぬいた結果なのです。そんなわけで、自分の部屋やビストロの静けさの中にいると、自分自身と向き合い、決まり文句や修辞的なごまかしを避けて、苦しみながらも自分を表現できます。そういうときぼくは自分が誠実で良心的だと感じるのです」……………………………………………

サン=テグジュペリ、『母への手紙』1925年

第2章

南方郵便機

⇦飛行機の影と盗賊団

⇨ラテコエール社のポスター――トゥールーズを拠点として1918年に設立されたラテコエール社は，世界で最も古い航空会社である。創立者ピエール・ラテコエールは，郵便物をできる限り早く目的地に届けることを使命としていた。ラテコエール社はのちにブラジル出身のフランス人資本家に買収され，1927年にアエロポスタル社と社名を変えた。

イヴォンヌ・ド・レトランジュはアントワーヌの文学的才能を見抜いていた。彼女は自分を探し求めているこの若者に，詩を断念して，より現実に近い散文を書くよう助言した。

⇧トゥールーズ空港を出発する第１号郵便機と，航空便のスタンプ——1919年９月１日，ディディエ・ドーラによってトゥールーズ＝カサブランカ路線が開通した。ドーラが操縦したのは第一次大戦中につくられたブレゲー14型機である。この飛行機は２万kmに一度の割合でしか故障しない上に，修理も自在スパナ１本で足りた。

「毎日ものが書けたら幸せでしょうに」

アントワーヌはイヴォンヌの家で，文芸誌『銀の船』の編集主幹をつとめるジャン・プレヴォーと知り合った。プレヴォーは彼の処女作「飛行士」を『銀の船』に掲載し（1926年），序文を書いてくれた。「わたしは彼が感想を述べるときの言葉の力強さ，繊細さにいつも感心していた」

だがサン＝テグジュペリはあいかわらず高収入の仕事を探

していた。彼はフランス航空会社に就職して輸送パイロットの資格をとり，観光客をのせてパリの上空を飛ぶようになった。1926年7月，長姉マリー＝マドレーヌが結核で亡くなった。アントワーヌは悲しみに口を閉ざし，孤独を噛みしめた。この孤独感を癒すものは，女性の存在のほかにはあるまいと思われた。「ぼくが女性に求めるもの，それはこの不安感をやわらげてくれることです」

同年夏，サン＝テグジュペリはボシュエ校の恩師シュドゥール神父に会い，ラテコエール郵便航空会社の社長ベッポ・ド・マッシミに推薦してくれるよう頼み込んだ。サン＝テグジュペリと会ったマッシミは，空を飛ぶことばかり考えているこの内気で大柄な青年に惹かれた。10月，アントワーヌはトゥールーズの空港に呼び出され，ラテコエール社の路線開発主任，ディディエ・ドーラの面接を受けた。

⇩トゥールーズの宿舎，グラン・バルコン・ホテル――ラテコエール社の飛行士たちはみな，空港行きの路面電車が目の前を通るこのホテルに寝泊まりしていた。ホテルを賄う3人の女性たちは，ディディエ・ドーラから，ひそかに飛行士たちを監視するようたのまれていた。部屋代は一泊4フラン，食事代は2.5フランだったが，「おばさんたちのお気に入り」だったメルモーズは食事込みで5フランしか払っていなかった。サン＝テグジュペリは5階の角にある32号室に住んでいた。

「いかなる理由があろうと遅刻はそれだけで不名誉だとわたしは学んだ」

サン＝テグジュペリはまず，ラテコエール社の整備士として働きはじめた。グラン・バルコン・ホテルに寝起きし，毎朝，路面電車で空港に出勤する。各駅停車のこの古い電車が，退屈な地上暮らしから夢の大空へと彼を運んでくれるのだ。

ドーラに技量なしと判断された飛行テストのあと，サン＝テグジュペリはブレゲー機の試験飛行を開始した。会社と一体化した彼は，ついに理想を見いだした。いかなる犠牲を払っても郵便物を運び，遅れないよう努力すること。サン＝テグジュペリは決して早起きではなかったが，早朝の出発の意義を理解し，飛行士の連帯感を高く評価していた。

2ヶ月後，いよいよ彼もアリカンテまで郵便物を運ぶことになった。その前夜，彼はギヨメに処女飛行のための助言を求めた。ギヨメは地図を広げ，心に残る地理の講義を行った。「地図のスペインは灯りの下で少しずつおとぎの国に変わっていった。わたしは避難場所や間違えやすい場所に×点で目印をつけていった。ここに農夫がいて，ここに小川があり，ここに30頭の羊がいる。ここに羊飼いの娘がいることをわたしは正確に知っているが，地理学者たちは知らないのだ」

「着陸の気分は最高ですが,そのあとがやりきれません」

サン＝テグジュペリは，トゥールーズ＝カサブランカ路線の郵便業務を半年行ったのち，カサブランカ＝ダカール路線を担当することになった。リゲルの操縦ではじめて任地へ向かう途中，彼の乗った飛行機は砂漠の真ん中に突っ込んだ。別の飛行機で同行していたギヨメが事故に気づき，助けに降りてきた。郵便物を積んだギヨメの飛行

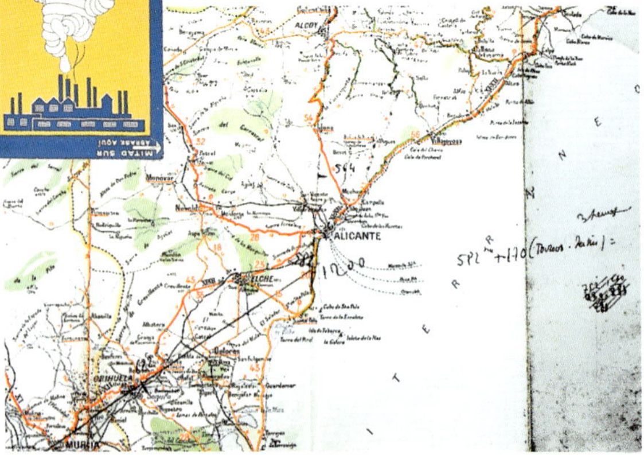

⇦スペイン地図の表紙と，飛行指示の記された沿岸部の地図――アリカンテは地中海を渡る前の最後の寄航地である。「アリカンテはヨーロッパで最も暑く，ナツメ椰子の実が熟する唯一の場所です。ぼくはコートなしで歩きまわり，『千夜一夜物語』さながらの夜に驚いています。棕櫚の木が繁り，星の光はあたたかく，海はしずかで音もなく見えもせず，かすかに風が吹いてくるだけです」

je lègue à mon ami Jean Escot
ma bibliothèque
mon revolver
ce qui me reste à valoir sur ma voiture
Paris le 17 mai 1926
Antoine de Saint Exupéry

機に3人で乗ることはできなかったので，サン＝テグジュペリ一人が砂漠に残された。このときはじめて彼は本当の孤独を知ったのだ。どんなかすかな物音にも耳をそばだて，飛行機を見張りながら星空の下で夜をすごした。翌日，仲間が戻ってきて，数キロ離れた砦に連れていってくれた。砦を守っていたのはセネガル兵をしたがえたフランス人伍長だった。そこで過ごした夜のことを，彼はのちに二つの本の中で語ることになる（『南方郵便機』と『人間の大地』）。飛行に夢中になるにつれ，地上の生活はますます耐え難くなった。そんなとき彼は家族に頻繁に手紙を書き，空の旅を語るのだった。

⇧ラテコエール社の航路を飛ぶブレゲー機と，入社時に書いたジャン・エスコ宛ての遺言書——ブレゲー14型機は単発式で，エンジンの信頼性は乏しかった。このため郵便物を積んでサハラ上空を飛ぶときはかならずムーア人の通訳を乗せ，2機が一組になって飛んだ。こうしておけば故障のときも比較的安心だからである。

「夜，ぼくは別人になります」

出発の前夜，サン＝テグジュペリは夜と，そこから生まれてくるさまざまな不安とを恐れた（→p.128）。ときには何日も続けて飛び，決まりきった日常を逃れることを喜んだが，疲れて帰ってくると，次のようにうち明けるのだった。「風にもてあそばれながら，白いシーツや，オーデコロンや，浴室を夢みています。ぼくにアイロンをかけてもらわなければなりません。油まみれだし，疲れてしわくちゃですから」。1927年10月19日，サン＝テグジュペリはキャップ・ジュビー（モロッコ）の飛行場主任に任命された。

「ぼくの職業は飛行士であり，探検家であり，外交官です」

キャップ・ジュビーはトゥールーズ＝ダカール路線の重要な中継地だった。ブレゲー14型機は航続距離が短いので，たびたび燃料を補給しなければならない。しかもここはスペイン領で，デ・ラ・ペーニャ大佐というスペイン貴族の管轄下にあった。ドーラがそこにド・サン＝テグジュペリを送り込んだのは，同じ貴族ということで気を許してもらえるだろうと期待したからだ。サン＝テグジュペリの任務は，ムーア人とスペイン人のパイプ役となることだった。そのためには，スペインへの帰順を拒否している部族と知り合いにならなければならない。アイト・ウーサ族，アイト・グート族，ルゲイバ族。これらの部族は，郵便機を撃墜しては飛行士を人質に身代金を要求するばかりか，ときには殺害におよぶこともあった。飛行場主任の宿舎は要塞を背にした粗末なバラックで，その要塞も，砦というよりは牢獄のようだった。前方に海，後方に砂漠が

⇧トゥールーズ＝ポール・テティエンヌ間の新航路を発表する会社幹部（1925年）——ブレゲー14型機は航続距離が450kmしかないので，航路は小区間に分けられていた（トゥールーズ，バルセロナ，アリカンテ，アガディール，キャップ・ジュビー，ビリャ・シスネロス，ポール・テティエンヌ）

⇦サン＝テグジュペリとデ・ラ・ペーニャ大佐

⇩ムーア人の戦士――デ・ラ・ペーニャ大佐は，サハラ砂漠の只中にあるスペイン植民地の要塞を指揮していた。彼の仕事は異国の侵入を拒む不帰順ムーア人を威嚇することだった。

広がるこの要塞は，どこでもない場所の真ん中で「文明化」された唯一の場所だった。それでもサン＝テグジュペリは，虚飾に満ちた世界から遠く離れていることを喜んだ。

キャップ・ジュビーの生活が活気づくのは，月に1度，カナリア諸島から食糧を積んだ船が到着するときと，週に1度，郵便機が通るときだ。その郵便機が出発後，次の中継点に到着していないことがわかると，サン＝テグジュペリは砂漠のどこかに不時着しているに違いない同僚を探しに飛び立つのだった。

「ここでは手なずけることがぼくの役目です」

サン＝テグジュペリはまず子ども，それから大人の順で不帰順部族に近づいた。アラビア語も習

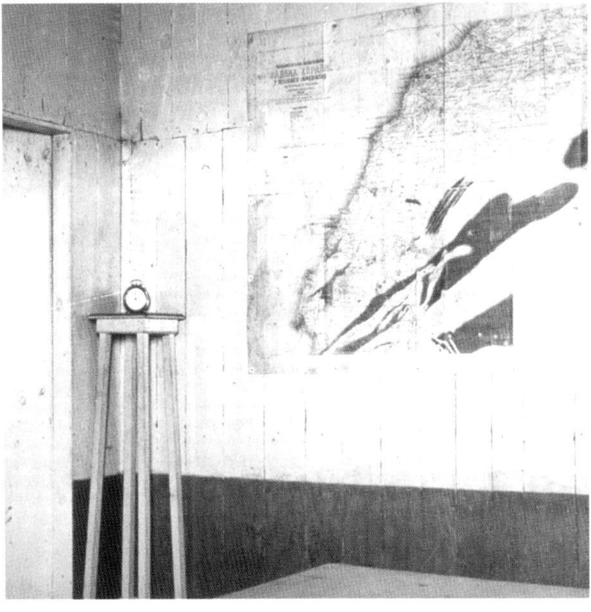

⇦⇧キャップ・ジュビーの要塞と宿舎の内部
「何もありません。板に薄い藁のマットが敷かれたベッドと，流しと，洗面器だけです。そうそう，小物を忘れていました，タイプライターと会社の書類です。まるで修道院の部屋です」
「修道僧のような暮らしをしています。ここはスペイン領サハラの中にあるアフリカでいちばん辺鄙な場所です。海岸に要塞があり，その後ろにぼくたちのバラックがあり，そのあとは数十キロ，数百キロにわたって何もありません」

⇦⇩サン＝テグジュペリが撮影したアフリカの人々——駆け出しの操縦士としてカサブランカ＝ダカール路線を飛んでいたサン＝テグジュペリは，ダカールへの失望感を次のように表現している。「こんなけちな郊外を見るためにわざわざアフリカくんだりまでくる必要はありません」。それでも彼は2度の滞在を余儀なくされた。最初は飛行機の故障のため，2度目はデング熱にかかったためである。このとき彼はダカールの周辺地域を写真におさめた。のちに彼の母は写真の女性たちをモデルに黒人の聖母のパステル画を描いている。

⇧解放されたレーヌとセールを乗せた船（1928年11月）――1928年６月29日，操縦士レーヌと無線士セールは飛行機の故障で砂漠に墜落し，ルグイバ族の人質となった。「ムーア人たちは２人とひきかえに百万丁の銃と，百万ペセタと，百万頭のラクダを要求しています(安いものだ！)」とアントワーヌは妹ガブリエルに書いている。９月17日，サン＝テグジュペリは上司に告げずに人質解放の交渉を試みたが失敗した。結局，墜落から４ヶ月もたった10月末，二人の飛行士は無事当局に返され，船でキャップ・ジュビーに帰還した。

いはじめ，ムーア人のテントで，族長にお茶をごちそうになったこともあった。ガゼルやフェネックギツネも手なずけた。孤独ではあったが自分の場所にいると感じ，眠れない夜は本を書いた。だが数ヶ月たつと，またしても無為がやりきれなくなり，以前はあれほど惹かれていた砂漠の静寂を呪い，すべてに不満を抱くようになった（→p.129)。わずかな隙間にも入り込んでくる砂，残忍なムーア人，休みなく吹く風。この単調さが破られるのは，時たまカサブランカやダカールに飛ぶときだけだ。そんなとき，彼は天国に来たような気がするのだった。

1928年の夏から秋にかけて，彼は４つの救出活動を行った。最初に救出したのは飛行士リゲル，次は飛行士レーヌと無線士セール，３番目はスペイン人中尉と通訳，最後は彼の後任としてキャップ・ジュビーに向かっていたヴィダルである。1929年３月，サン＝テグジュペリは「170ページの本」を携えて帰国した。「そのことしか考えられない」と言っていたこの本は，1929年 7 月，『南方郵便機』という題名で出版されることになる。

帰国の船上で，彼は早くも砂漠に郷愁を感じていた。「ぼくはサハラで 3 年暮らした。サハラで暮らしたことのある者はだれでも，一見そこには孤独と窮乏しかないように見えるのに，その頃が人生最良の時期だったように思えて涙を流すのだ」フランスに着くと，妹の家で数日休んだのち，ブレストに行って航空学の講義を受けた。1929年 9 月，彼は南米で郵便路線開発に携わるため，船でアルゼンチンに向かうことになった。

⇧『南方郵便機』の初版本

⇦ドーラが描いたアフリカ＝南アメリカ路線図

⇩ドーラとアエロポスタル社の飛行機――ディディエ・ドーラ（1891～1969）は第一次大戦後にラテコエール社に入った。トゥールーズで路線開発主任をつとめ，郵便飛行業務を南アメリカにまで広げることを発案した。

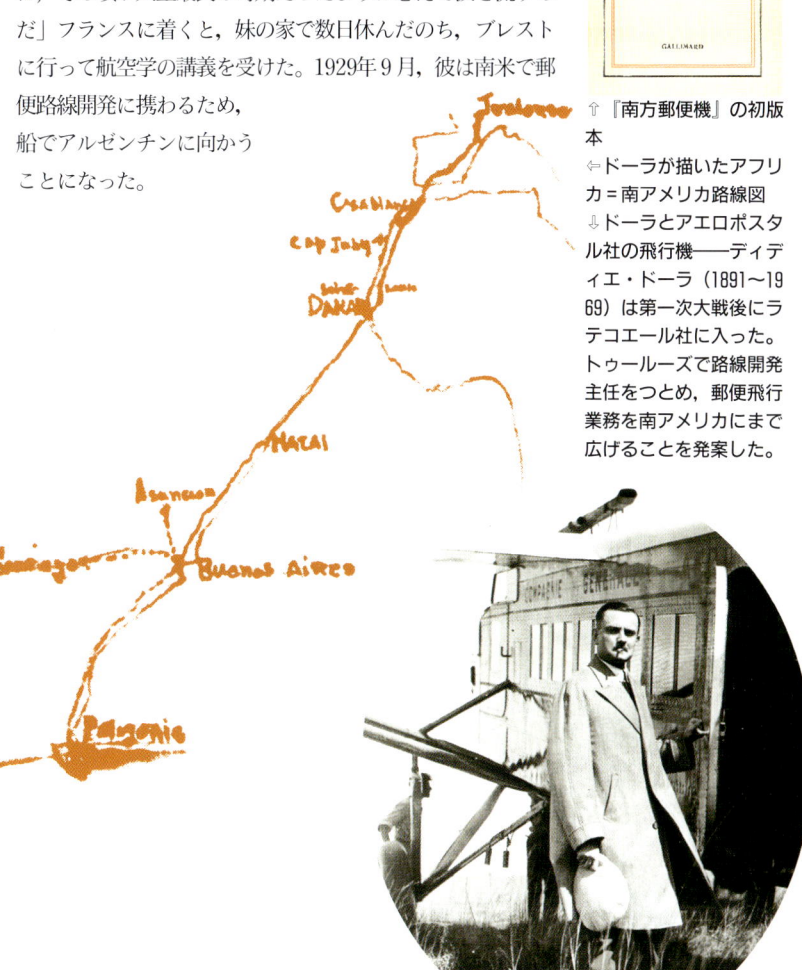

❖「ぼくはアエロポスタ・アルヘンティナ社の開発主任です。この会社はアエロポスタル社の子会社で、大陸内路線のためにつくられました。ぼくが受け持っている路線網は3800キロメートルにおよび、それがぼくの中に残っている若さと、大好きな自由を刻一刻と吸い取っていきます」
サン＝テグジュペリ、『リネットへの手紙』

第3章

夜間飛行

⇦アンデス山脈を越えるギヨメの飛行機（ジェオ・アン作。1932年）
⇨香水「夜間飛行」の壜——この香水は小説『夜間飛行』の発表から2年後の1933年に売り出され，サン＝テグジュペリとアエロポスタル社の同僚に捧げられた。四角い栓に角のとれた四角い壜のデザインが斬新である。前面の放射状の線は回転するプロペラをあらわしている。

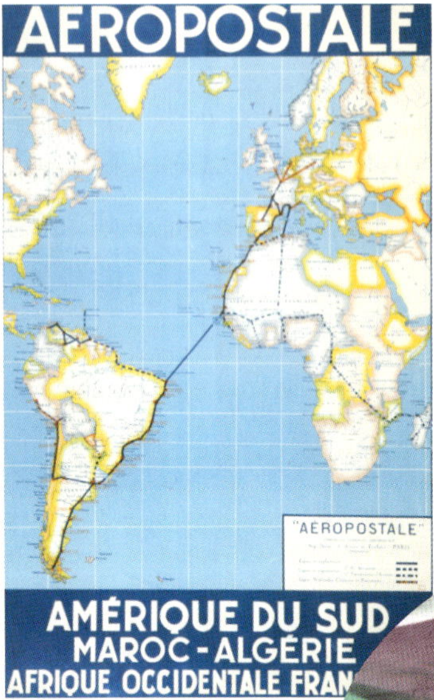

⇦⇨アエロポスタル社の宣伝ポスターと宣伝文句──1930年５月12日，メルモーズはダカールを出発して初の南大西洋横断飛行を行った。「そして1931年には，トゥールーズからブエノス・アイレスまで郵便物がはじめて４日で運ばれた」。航空郵便機は南アメリカ大陸の遠い土地まで郵便物を運び，「辺鄙な町々を一気ににぎやかな都会に近づけた」。

祖国を離れるにあたって，サン＝テグジュペリは強い不安にかられていた。未知のものはあまり好きではなく，できれば大勢の友人に見送りにきてもらい，励ましてもらいたかった。「ところが誰も集まりませんでした。時と場所を教えるぼくのやり方が静かすぎたのです」。ボルドーの港まで見送りに来てくれたのは，イヴォンヌ・ド・レトランジュだけだった。彼女は彼に『南方郵便機』の評判が良いことを知らせ，新しい小説を書くよう励ました。

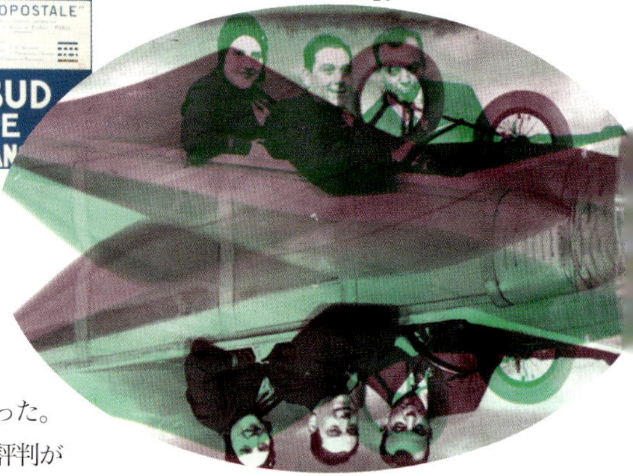

⇧ギヨメ夫妻とサン＝テグジュペリ（1930年）──1929年末，ギヨメの結婚式で証人をつとめたサン＝テグジュペリは，アルゼンチン滞在中，彼らと頻繁に会っていた。この写真は，ブエノス・アイレスのルナ・パークにあるだまし絵の飛行機にのって撮ったもの。

「それはアエロポスタル社の古き良き時代だった」

ブエノス・アイレスに着くと，メルモーズやギヨメが彼をあたたかく迎えてくれた。キャップ・ジュビーの砂漠と，二百万人の住民がごった返す首都とでは，天と地ほどの違いがあり，しかも文明社会の方が必ずしも好ましいとは限らなかった。彼は騒々しい街の中心のアパルトマンに落ち着いた。

生まれて初めて高給取りになり，これまで多大な援助を惜しまなかった母にようやく送金できるようになった。金銭を軽蔑していながら金なしに過ごせなかった彼は，少しでもふところが豊かになると友だちに大盤振る舞いをした。無用のものをたくさん買い込み，部屋中を物であふれさせた。

サン＝テグジュペリはブエノス・アイレスの街に惹かれなかったので，空を飛ぶことで心を慰めた。新しい路線を開発し，数々の視察飛行を行った。こんなに空を飛んだことはかつてなかった。彼は眼下に広がる景色に魅せられた(→p.106)。雪を戴いたアンデスの峰々を過ぎると，大草原があらわれる。そこに点在する小さな村々を見ていると，広大な大自然の中で生きる人間の小ささがひしひしと感じられた。

彼は仕事の合間にふたたび本を書き始めた。「今，本を書いています。題材は夜間飛行ですが，内心ではむしろ夜についての本という気がしています（ぼくはいつも夜の9時をすぎないと生きている気がしませんでした)」。

友人たちは彼の精力的な仕事ぶりに驚いた。サン＝テグジュペリは行動の中でこそ自己を実現することができた。ただ，そのあとやりきれなくなるのだ。

「栄誉は何といっても人を孤独にします」

サン＝テグジュペリにとって，1930年は幸先よくはじまった。ジュビーでの業績に対し，レジオン・ドヌール勲五等に叙されることが決まったのだ。彼は夜遅くレストランやナイトクラブに出入りしたが，そういう所では熊のような巨体をもてあまし，ダンスフロアから一人離れて，耳をつんざくような音楽の中で本を読んでいることもあった。

例によって夜は眠らず，ポール・ドニという会社の会計主任に，書いたものを読みきかせる恰好の相手を見いだしていた。子どものころは母に，大きくなってからはパリの友人たちにしたように，真夜中にドニを叩き起こし，自分の文章を

⇦パンパの飼育場（絵葉書）――飛行士の目に映る大草原を，サン＝テグジュペリは次のように表現している。「町から町へと飛んでいく彼は，小さな町々を追う羊飼いだった。2時間ごとに，川のほとりにきて水を飲む町や，草原で草を食む町に出くわす。ときには人影のない平野が百キロも続いたあとで，ぽつんと建つ農家とすれちがうこともあった。それは波のようにうねる草原の中を人間の生活を積んで後方に走り去る船のように思え，そんなとき彼は翼で挨拶を送るのだった」

⇦ブエノス・アイレス
⇩手紙を書くアントワーヌ（母のスケッチ）——「ブエノス・アイレスはおぞましい街です。魅力も資源も，何もありません」。「こんな巨大なコンクリート・ジャングルに，どうやって春が入り込めるのかふしぎです。窓辺においたジェラニウムの鉢も，春には枯れてしまうでしょう」。この耐え難い街から逃げ出すための方法は，できるだけ頻繁に空を飛ぶことだった。「ぼくは視察をし，実験をし，新しい路線を偵察しています。今までこんなに空を飛んだことはありません」

どう思うかたずねるのだった。

友達は多かったが，サン＝テグジュペリは孤独だった。その孤独を癒してくれる女性を彼はいつも求めていた。（「お決まりの文句でコレットだの，ポーレットだの，スージーだの，デイジーだの，ギャビーだのを口説いてみるのですが，それが続くと2時間後にはもううんざりしてきます」）

さいわい仕事が忙しく，悩んでばかりもいられなかった。彼は辺境の小さな町々とブエノス・アイレスを結ぶ航路をいくつも開設し，そのために町の有力者たちから尊敬され，どこに降りても友達のように歓迎された。

AEROPOSTALE

「誓って言うが，ぼくがしたことはどんな動物にもできなかったにちがいない」

1930年6月，ギヨメがアンデス山中で行方不明になった。サン＝テグジュペリはただちに同僚の飛行士とメンドサで合流し，悪天候の中を5日間休まず上空から捜索した。だが友は見つからなかった。地元の地理に詳しい密輸業者でさえ協力を拒んだ。だが一週間後，奇跡は起きた。ギヨメが見つかったのだ。

発見を知らされたサン＝テグジュペリは，大喜びで現地に駆けつけた。ギヨメは凍死をさけるため雪の中を5日間歩き続けていた。死を覚悟しながら，力をふりしぼって文明世界に近づこうとしたのだ。死体を見つけてもらわなければ，若い妻は保険金を受けとることができない。遺体なければ保険金なし，と契約書には明記されていた。生還したギヨメは，熱狂する群衆から英雄のように迎えられた。その冒険は新聞の一面を飾り，勇気ある行動は国中に知れわたった。彼を称える歌までつくられ，今日ではチリの民謡となっている。

サン＝テグジュペリはこの話をギヨメに何度となく繰りかえさせたが，それを本に書いたのは7年後のことだった（『人間の大地』）。作家の言葉によって，ギヨメの偉業はついに伝説となったのだ。

⇩ギヨメの捜索（リゴ作。1939年）——「二人で丸五日，折り重なる山々を機上から捜索したが，何も見つからなかった。……もはや望みはないように思えた。密輸業者さえ救助隊に加わりたがらなかった。『冬のアンデスは人間を返しちゃくれない』というのだ。……そしてふたたびアンデスの巨大な壁と柱の間に身を滑り込ませたとき，わたしはもはやきみを探しているのではなく，雪のカテドラルの中で黙ってきみの通夜をしているような気がしたものだ」

⇦（前頁）転覆したギヨメの飛行機とその修復作業——ギヨメは発見されたあと何日か休息をとると，転倒した飛行機を回収するため救助隊とともに現場に引き返した。修復された機体はメンドサの飛行場に戻された。

「あるロシア人の予言によれば,ぼくは近々若い未亡人と結婚するそうです」

1930年の後半，サン＝テグジュペリはコンスエロ・スンシンと知り合った。コンスエロは未亡人で，移り気できまぐれだがユーモアに富み，文章も書けば絵や彫刻もたしなむ，その上すばらしい美人だった。サン＝テグジュペリはたちまち彼女の虜になった。

「サン＝テックスがどんな目で彼女を見ていたか，今でもよくおぼえている。彼はとろけんばかりだった。華奢で，小柄で，矯正せずにはいられないほどじゃじゃ馬の彼女に，彼はいつも驚かされ，魅了されていた。……この小鳥は一時もじっとしていなかった。気が向けば飛んできて，サンテックスという大きな空飛ぶぬいぐるみのクマの上にとまる。二人はまるでウォルト・ディズニーの動画から抜け出してきたようだった」。サン＝テグジュペリはコンスエロのうちに，空想に満ちた子ども時代と，恥じることなく気まぐれを重ねて大人になるのを拒否している人間を見いだしたのだ。

⇩コンスエロ・スンシン（1930年代末）――コンスエロが語るサン＝テグジュペリとのなれそめの話は，相手によって内容が異なるが，飛行機で短い旅をしたことだけは一貫している。蓮っ葉なコンスエロは，その頃せいぜい25歳くらいだったとふれまわっていたが，じっさいは10歳ほど年をごまかしていた。

⇧新婚のアントワーヌとコンスエロ——二人の結婚式は1931年4月12日，アゲーの城館で行われた。恩師のシュドゥール神父が式を執り行った。その後，新婚夫婦は付き添いをつとめたアントワーヌの姪や甥とともに記念写真に収まった。晴れ着を着てかしこまっている子どもたちの横に，丸い目玉が印象的なペキニーズ犬ユーティがいる。このあとアゲー随一のレストラン，レ・ロッシュ・ルージュで午餐会がひらかれ，親族が集まって結婚を祝った。

「ぼくも結婚して，お宅のようにかわいい子どもたちを持ちたいものです」

たしかにコンスエロは，彼があれほど望んでいた穏やかな生活をもたらしてはくれなかったが，彼をおもしろがらせ，地上生活の退屈さを吹き飛ばしてくれた。

翌年1月，サン＝テグジュペリは2ヶ月の休暇をとってフランスに帰った。旅行カバンには『夜間飛行』の原稿が入っていた。ガストン・ガリマールにおさめる前にアンドレ・ジッドに読んでもらうと，ジッドは感動して進んで序文を書いてくれた。サン＝テグジュペリはアゲーとニースを往復しながら休暇をすごし，ニースではコンスエロと派手な浪費生活に明け暮れた。同棲を気にする母の圧力で，二人は1931年4月12日にアゲーで結婚式を挙げ，22日にニースの市役所に婚姻届を出した。

⇦アエロポスタル社のスキャンダルを報じる週刊誌（1931年４月）

⇩マッシミとドーラ――1929年に起きたウォール街の株価大暴落と，翌年10月に起きたブラジル革命の影響で，アエロポスタル社の所有者が持っていた銀行のうち３つが破産し，会社の会計が取り調べを受けた。そのさい政府の助成金が不正に使われていたのではないかという疑いをもたれ，支給はうち切られた。会社は倒産し，大量の人員解雇と給料の遅滞が起こり，ドーラや副社長マッシミを標的にした大がかりな中傷キャンペーンが繰り広げられた。

この間，アエロポスタル社は政治・経済的なスキャンダルにまみれ，破産に追いこまれていた。ドーラとマッシミは辞職し，彼らに与《くみ》したサン＝テグジュペリは南米に戻らず，北アフリカで夜間郵便機を操縦することになった。秋には『夜間飛行』が出版され，フェミナ賞を受賞したが，このことは彼にとってとんだ災いのもととなった。一

方では作家たちが，油まみれの手をした男と競合することに反発し，もう一方では同僚たちが，飛行士の無名性を重んじるドーラの規律が破られたと腹を立てたのだ。だが『夜間飛行』は英語に翻訳されるとたちまちアメリカ人の心をとらえ，さっそく映画化された。

↙映画『夜間飛行』のクラーク・ゲーブル——この映画はアメリカだけでなくフランスでも大好評を博した。1934年3月に封切られ，別の映画館に移って10年のロングランとなった。

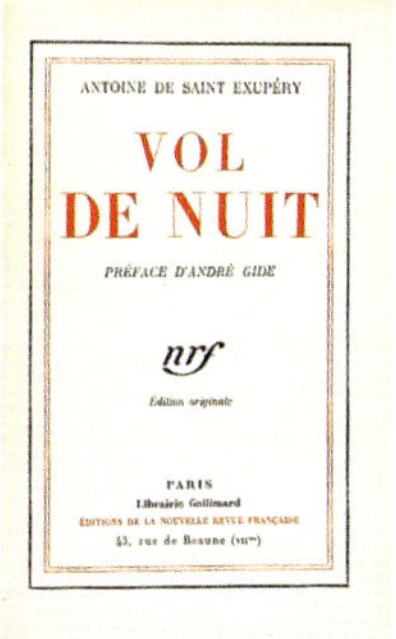

↑『夜間飛行』の初版本「あのいまわしい本を書いたおかげで，ぼくはひどい目にあい，仲間の反感を買ってしまいました。ぼくの方はこんなに好きなのに，こちらを見てもくれなくなった人たちが，どんなことをいっているか，メルモーズに聞けばわかります。みんなぼくのことをお高く止まっているというでしょう。……もし親友たちまでがぼくに対してそんなイメージをもつようになったら，それにもしぼくが『夜間飛行』を書くという罪を犯しながら，今でも平然と路線を飛んでいるといって非難されたら，人生はおわりです」

❖「わたしたちは仲間だ。同じ惑星によって運ばれる，同じ船の乗組員だ。だから，異なる文明が相対した結果，新たな総合へと向かうのなら良いが，互いに喰らい合うのはおぞましい」……………………………………………………………………………

サン＝テグジュペリ『人間の大地』

第４章

人間の大地

⇦リビア砂漠に衝突した飛行機の残骸とサン＝テグジュペリ
⇨『人間の大地』のポスター――『人間の大地』は小説ではなく，サン＝テグジュペリ自身が経験したさまざまな出来事を集めたものである。そこにはサハラ砂漠での冒険，ギヨメ捜索のためのアンデス上空飛行，自分自身のリビア砂漠衝突事故，スペイン内戦などがとりあげられている。

1931年12月，サン＝テグジュペリは妻や母とともにサン＝モーリスで最後のクリスマス休暇を過ごした。サン＝モーリスの家は母にとって過大な負担となっていた。独身の姉シモーヌはサイゴンに住んでいたし，妹ガブリエルはアゲーの城館を維持しなければならなかった。アントワーヌはいつも出発間際だったし，コンスエロときては家の中でしきたりを守るどころか，その気になれば2，3時間で引っ越していくほど，夫と同じく定住生活には不向きな女性だった。だが大事なのは家の中ですごした日々であって，空になった家を所有することではなかった。「わたしはサハラにいたときほど自分の家を愛したことはない」。脳裏に深く刻まれた子ども時代の思い出は，こののちますます美化されることになる。サン＝モーリスの家はリヨン市に売却され，林間学校となった。広い庭園は子どもたちの遊び場となり，忘れがたい思い出の場所となるだろう。それがせめてものの慰めだった。

⇩エール・フランス社のポスター（1933年）——1933年８月末，アエロポスタル社は他の３つの航空会社とともにひとつの会社に統合された。この会社は当初，臨時に国が４分の１を保有していたが，まもなくエール・フランス社となった。サン＝テグジュペリは新会社に就職しようと何度も航空省に足をはこび，メルモーズにも積極的に働きかけてもらったが，つまらない理由から操縦士としての採用を断られた。

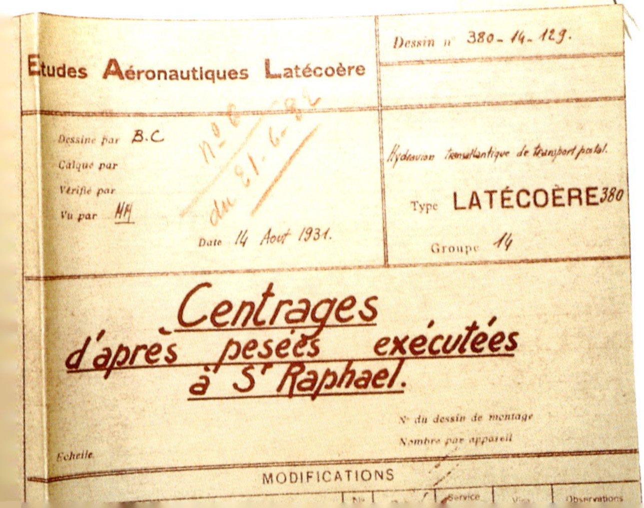

Etudes Aéronautiques Latécoère

Dessin n° 380-14-129.

Dessine par B.C

Calque par

Vérifié par

Vu par HM

Date 14 Aout 1931.

Hydravion transatlantique de transport postal.

Type LATÉCOÈRE 380

Groupe 14

Centrages d'aprés pesées exécutées à St Raphael.

N° du dessin de montage

Nombre par appareil

Echelle

MODIFICATIONS

流れのままに

それから数年間，サン＝テグジュペリの飛行はとぎれがちになった。1932年にはアエロポスタル社の業務に戻り，マルセイユとアルジェの間を往復した。その後モロッコに赴任して郵便物を運んだ。ペルピニャンの基地で，水上飛行機のテストパイロットをつとめたこともある。だが彼は自分に満足できず，仕事のあとの陰鬱な生活にも嫌気がさしていた。そんな折，サン・ラファエル湾で事故を起こし，テストパイロットの職を辞めなければならなくなった。

（前頁下）水上飛行機のテスト飛行に関するサン＝テグジュペリの報告書――サン＝テグジュペリは，飛行機の性能を確かめるためにパリからやってきた参謀部の技師を乗せて，サン＝ラファエル湾に突っ込んだ。

⇧『夜間飛行』を読むサン＝テグジュペリ――『夜間飛行』には彼が空から眺めた景色が生き生きと描写されている。会話は映画の台本のようで，それがこの小説に独特な雰囲気を醸し出している。

1933年，サン＝テグジュペリはエール・フランス社に就職願いを出した。名声をねたむ人々のために願いはいったん退けられたが，翌年入社し，宣伝部に配属された。7月12日，彼は仕事でサイゴンに飛び，インドシナ古文書局に勤める姉シモーヌと再会した。アンコールを訪れるつもりだったが，水上飛行機が故障し，メコン川に着水を余儀なくされた。出発から1ヶ月後，サン＝テグジュペリは健康を害し，幻滅してフランスに帰った。

以後，戦争が始まるまで，いくつかの例外を除き，彼はもっぱらパリで生活した。唯一の定住所はレンヌ通りとサンジェルマン大通りの交叉点で，午後はドゥ＝マゴ，夜はリップと決まっていた。人と待ち合わせるときは，その時の気分で，モンパルナスやカルチエ・ラタンやシャンゼリゼのカフェが選ばれた。そうした場所で彼は友達の作家や詩人や飛行士たちと会い，夜を徹して政治や哲学の議論を戦わせ，空が白みはじめた頃に別れては，同夜また同じことを繰り返すのだった。(→p.111〜p.115)

⇨モスクワのメーデーを報じる記事の見出し──モスクワに発つ前，サン＝テグジュペリは白ロシア人亡命者のアレクサンドル・マキンスキー公爵と知り合い，公爵からロシアの歴史について本格的な講義を受けた。おかげで彼は，ソ連を訪れてその様子を伝えることを義務と心得る多くのフランス知識人たちとはいささか違った視点を持つようになった。

Moscou ! Mais où est la Révolution ?

(De notre envoyé spécial Antoine de SAINT-EXUPERY)

モスクワへ

1935年，ソビエト連邦はスターリンの全体主義のもとにあった。農民の反乱や計画経済の不平等な結果にもかかわらず，「人民の父」の人気は頂点に達していた。サン＝テグジュペリは，モスクワのメーデーの模様を『パリ＝ソワール』紙に報告するため，4月の末にフランスを出発した。荘重な出迎えを受けたが，メーデー当日，スターリン体制のいかがわしさを理解することになる。許可証が手に入らず，赤の広場への入場を禁じられたのだ。やむなく彼は監視の目を盗んでホテルを抜けだし，党に組織されたロシアの民衆に会いに出かけた。このときの民衆のようすを描いた記事が，第一回目のモスクワ報告となった。

⇧サン＝テグジュペリの報道記事の見出し

⇨マクシム・ゴーリキー号の惨事を報じる見出しと写真──サン＝テグジュペリは事実を客観的に報道するよりは，個人的な感想を折り込みながら庶民のようすを活写した。最新ニュースについては口を閉ざしたが，そのかわり，モスクワの小さなアパートで思い出を糧に生きるフランス人元家庭教師たちとの出会いを感動的に描いた。

Sous le grondement de mille avions

MOSCOU TOUT ENTIÈRE

a célébré la Fête de la Révolution

Sur des kilomètres, la foule progressait vers la place Rouge comme une lave noire

DANS UN RAYON DE MILLE MÈTRES AUTOUR DE STALINE, NUL NE POUVAIT SE FAUFILER SI SON IDENTITÉ N'AVAIT ÉTÉ CONTROLÉE

(De notre envoyé spécial Antoine de SAINT-EXUPERY)

サン＝テグジュペリの原稿の提出は例によって遅れた。ようやく記事が書き上がると，彼はパリに電話して速記係の秘書の女性にそれを読み上げげた。ある日，彼女が涙ぐんでいるのを見つけた主筆は，サン＝テグジュペリに何か起きたのではないかと心配した。だがそれは思い違いだった。文章があまり美しいので，書き写しているうちに涙が止まらなくなったのだ。

『アンヌ・マリー』

サン＝テグジュペリの記事は，1935年5月13日から22日にかけて6つ掲載された。初回を除けば，時事報道というよりは個人的な印象の勝った手記だった。ポーランド移民を乗せた列車のようすと，粗野な労働者の群れの中にあどけない子どもの寝顔を見つけたときの感動，世界最大の貨物輸送機マクシム・ゴーリキー号が，初の外国人として彼を乗せた翌日に大惨事を起こしたこと，そして家庭教師として革命前にロシアにやってきて，今ではひっそりと暮らしている老いたフランス人女性たちとの出会い。みずみずしい独自の描写に満ちた彼の記事は絶賛を博した。

La catastrophe du «Maxime-Gorki»

TAMPONNÉ EN PLEIN VOL PAR UN AVION DE CHASSE EST POUR L'U. R. S. S. UN DEUIL NATIONAL

Cinquante et un tués...

LE RÉCIT DE NOTRE ENVOYÉ SPÉCIAL LE CÉLÈBRE PILOTE ANTOINE DE SAINT-EXUPÉRY QUI FUT LE PREMIER – ET LE DERNIER – ÉTRANGER AUTORISÉ A VOLER A BORD DE L'AVION GÉANT LA VEILLE MÊME DE L'EFFROYABLE ACCIDENT

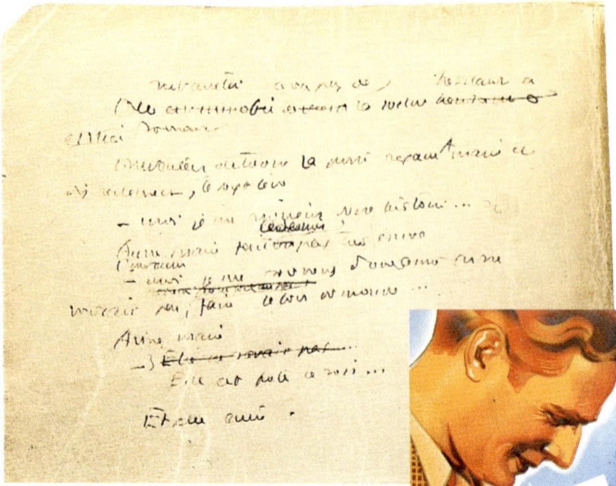

⇦⇩『アンヌ・マリー』のシナリオとポスター――アンヌ・マリーは男性飛行士たちに混じって飛行機の操縦を学んでいる。そこに音楽を演奏する発明家が現れる。彼は飛行士たちから疎んじられるが，事故を起こしたアンヌ・マリーを救い出す。

サン＝テグジュペリは物書きとしての守備範囲を広げてソ連から帰国したが，政治に対してはいくぶん覚めた見方をするようになっていた。

その頃，彼は映画監督のレーモン・ベルナールと再会した。アルゼンチン滞在中に書いた『アンヌ・マリー』という映画のシナリオを，以前この監督に売っていたが，アエロポスタル社の騒動の中で，撮影が立ち消えになっていたのだ。映画ではアナベラが主役を演じた。『アンヌ・マリー』は彼が書いた中で最も軽い作品といえるだろう。

「まったくよく飛んだものです」

1935年11月，サン＝テグジュペリは地中海周辺地域に講演旅行に出かけ，初期のアエロポスタル社について話すことになった。彼は二人の同行者とともにF-ANRY号と命名されたコードロン＝シムーン機に乗り，11,000kmの行程を飛びまわった。F-ANRY号はサン＝テグジュペリの自家用機で，新聞記事や映画の著作権を売った金で手に入れたものである。

カサブランカを皮切りに，北アフリカから中東，トルコをへてギリシャまで12の都市を訪れたが，結局得をしたのはエール・フランスで，彼らの方では多額の予算が薬代に消えてしまった。

その頃，飛行機の耐久力をテストするため，航空省の主催で長距離耐久飛行レースが計画されていた。賞金は高額で，金に困っている飛行家たちを惹きつけた。飛行機の維持費は高く，それを差し引くと生活費はわずかしか残らない。お大尽のサン＝テグジュペリは，本当に金のないときでも，気前よく友人たちをもてなすのが常だった。彼は周囲の勧めで，15万フランの賞金をめざしてパリ＝サイゴン耐久レースに挑むことにした。そのためには二つの首都の間を5日と4時間以内で飛ばなければならない。

⇧F－ANRY号の計器盤

⇩サイゴンに向けて飛び立とうとしているF－ANRY号――サン＝テグジュペリは1935年に念願の自家用機を手に入れた。ルノー社が製造した180馬力のシムーン機である。この飛行機には可変ピッチのプロペラと，車輪上のブレーキと，視界が悪くても飛べる装置がついていた。

⇧壊れたF－ANRY号
⇩サン＝テグジュペリと整備士プレヴォー――二人は事故機の胴体に家族宛てのメッセージを残し，砂の上にはこう書いた。「北東に向かう。SOS」

「砂漠。ある日わたしはそのど真ん中に衝突することになった」

出発は12月29日だった。出だしは好調で，十分に記録更新が見込まれた。だが12月30日午前2時45分，低い高度を飛んでいたF-ANRY号は砂丘に激突し，無惨に壊れてしまった。サン＝テグジュペリと整備士プレヴォーはさほどひどい打撲傷も負わずに機体から抜けだした。てっきりカイロを過ぎたと思っていたのに，まだアレクサンドリアの南にいたのだ。非常用の飲み水は砂の上にまき散らされ，リビア砂漠で迷った彼らは，わずか5時間分の食糧をたずさえて「人間を探しに」歩きはじめた。

喉の渇きで死にそうになりな

がら，２人は北に向かって３日間歩きつづけた。もうすぐ死ぬと思ったそのとき，ベドウィンのキャラバンが通りかかった。「アラブ人はまっすぐにわたしたちを見つめ，両手でわたしたちの肩を押さえた。わたしたちはおとなしく従い，横になった」。差し出された水を二人はむさぼるように飲んだ。彼らはベドウィンに送られて，あるスイス人家族に引きとられた。家の主人が車でカイロまで送ってくれた。無精ひげとぼろぼろの服のために入るのを断られそうになったコンチネンタル・ホテルで，サン＝テグジュペリはコンスエロに無事

↙船上で声明文を読み上げるサン＝テグジュペリ――彼の乗った船がマルセイユ港に到着すると，真っ先にコンスエロが甲板に上がり，続いて記者たちがおしかけた。

を知らせる電話をかけた。

コンスエロの住むパリのホテルでは，彼の失跡を知った友人たちが，昼夜の別なく交代で電話の番をしていた。母のド・サン＝テグジュペリ夫人も駆けつけて嫁と不安をともにし，次いで喜びを分かちあった。カイロでは，記事を独占しようとする記者たちに追い回されたが，『ラントランシジャン』紙と独占契約を結んでいた彼自身が，６回の連載で砂漠での体験を語ることになる。

LE VOL BRISE

PRISON DE SABLE

par Antoine de SAINT-EXUPÉRY

I. — Un avertissement du Destin

⇧サン＝テグジュペリの手記『砂の牢獄』が掲載された新聞――６回に分けて掲載された『砂の牢獄』は，のちに推敲され，『砂漠のただ中で』という章題で『人間の大地』におさめられた。水をもとめて砂の中を長時間歩いたときのことを書いたもので，二人の男にゆっくりと近づいてくる死，希望と疑念，かれらを信じて待ち続ける人々への思いが語られている。「あなたがたの苦しみを別にすれば，心残りは何もない。結局，わたしは最高の分け前にあずかったのだ。もし戻れたとしても，同じことをくりかえすだろう。わたしは生きたいのだ」

「内戦，それは戦争ではなく，病気だ」

1936年2月にスペインで行われた選挙は，左翼勢力を結集した人民戦線を権力の座につけた。これに対し7月18日，フランコ将軍の率いる軍部がクーデターを起こした。これが，以後3年続くことになるスペイン内戦の発端である。ヨーロッパの民主国家は一様に不干渉の立場をとった。

サン＝テグジュペリは内戦期のスペインに2度，特派員として派遣された。最初は内戦開始直後の8月で，『ラントランシジャン』紙のためにバルセロナで取材活動を行った。到着したとき，ファシストたちは一掃され，街は異様に静かだった。彼は事実を冷静に記述しようとつとめ，同胞どうしが殺し合うことの不条理を読者に訴えた。みずからの尊厳を軽んじる人間の態度に衝撃を受けて帰国したが，祖国でも同じように異なる党派どうしが憎しみあっていた。2度目の派遣は1937年で，今度はマドリードだった。『パリ＝ソワール』紙が途方もない金を出して，内戦に関する10回分の記事を依頼してきたのだ。だが編集長のエルヴェ・ミルは，そのうちわずか3回分を手に入れるためだけでも，大変な苦労をさせられることになった。共和派の前線に行くことを望んでいたサン＝テグジュペリは，別の新聞の特派員として来ていたアンリ・

ON FUSILL

⇦スペイン内戦の写真——「バルセロナで現地報告をしながら彼らの間ですごして1ヶ月になる。その間，自由の名において毎日銃撃戦が行われていたが，その自由はどちらにとっても自分たちの自由でしかなかった。相手の自由がおのれの自由を否定するからといって，どちらも相手を宗教的に，自由の名において殺してよいと思っているのだ」

CI COMME ON DÉBOISE..

⇦⇩サン＝テグジュペリの記事の見出し（左）と小見出し（下）

⇦武器を受けとるスペイン共和派兵士――スペイン内戦では，同じ文明に属する同じ国の人間どうしが対立した。このイデオロギー戦争は第二次世界大戦の前哨戦だった。ドイツとイタリアはフランコ将軍を助けて重装備の武器を送り込み，これを利用して最新鋭の武器の性能をテストした。これに対してフランスは，人民戦線政府に後押しされて共和派に武器を供給していた。サン＝テグジュペリが帰国する前日，ドイツ軍はゲルニカの町を爆撃した。

「なぜならアナキストたちが街を制圧しているからだ。かれらは5，6人ずつかたまってあるいは街角に立ち，あるいはホテルを見張り，あるいは徴発されたヒスパノ（自動車の名）につめこまれて一時間に100人の割合で街を横切る。

Et les hommes ne se respectent plus les uns les autres

par notre envoyé spécial

ANTOINE DE SAINT-EXUPERY

ジャンソンの手引きでマドリードを出ることができた。

　前線で，彼は共和派と生活をともにした。闇の中でうっかりタバコに火をつけるという失態も演じたが，非合法の武器積み込み作業や，遠征の準備にも立ち会った。この国の惨状を目の当たりにしたサン＝テグジュペリは野蛮行為を激しく非難した。「スペインは美術の名品を焼き払い，修道院という閉じた宇宙をからにして，たとえ一瞬にせよ，文明よりも愚かしさを優先させたのだ」。彼は前線での強烈な体験を数年あたためておき，『人間の大地』の一節でそれらを報告した。

⇦映画『南方郵便機』の撮影に立ち会うサン＝テグジュペリ

⇩映画の一場面――サン＝テグジュペリは金のためにこの映画の脚色を引き受けた。1936年秋には撮影に立ち会うためにモロッコを訪れ，のちに有名なジャーナリストとなった紅一点の記録係フランソワーズ・ジルーを40人の男たちから守る騎士の役をつとめている。ムーア人の首長たちと良い関係をもっていたので，脇役として映画にも出演した。飛行シーンでは技術顧問をつとめ，空撮では主人公ベルニスの飛行機を操縦し，スタントマンが危険だからと断った曲芸飛行までやってのけた。

「きみは大天使などではなかった。ひとりの人間だったのだ」

1936年12月7日，大西洋上空を飛んでいたメルモーズが「後部エンジンを切る」というメッセージのあと連絡を絶ったと聞いて，サン＝テグジュペリは不安になった。日常生活では大したことのない遅れが，郵便飛行では惨事を意味することもあるからだ。メルモーズとサン＝テグジュペリは政治的立場こそ違っていたが，固い友情で結ばれていた。（メルモーズは右翼結社のメンバー，サン＝テグジュペリはどちらかといえば社会主義者だった。）

⇧操縦席のメルモーズ――「ひとつの飛行チームがとつぜん航行を停止した。かれらの死についてはさんざん議論されてきた。豪華な飛行機，発動されたエンジン，簡潔な指令，呼びかけ，信号，操作。そして今，優秀なパイロットは飛び立った。いや，離陸したのではない。メルモーズは汚辱から身を解き放ったのだ」

新聞社から記事を依頼されたが，メルモーズについてすぐに過去形で話す気にはなれなかった。友の死を認めるのはあまりにも辛かった。翌年12月16日，『マリアンヌ』誌に掲載された手記でも，その死を悼むかわりに，メルモーズがどういう男だったか，どんなふうに彼が好きだったかを書いている。「きみは愛すべきすばらしい欠点をもった仲間だ。それをきみの顔にぶちまけてやろうとぼくは待っている。夜，よく落ち合った小さなビストロの席も，すぐ座れるようにとってある。でもきっといつものように遅れてくるんだろう。まったくひどい奴だ……もう二度ときみを怒らせてやれないかもしれないと思うと，ぼくは恐くてたまらない」

彼がはじめてメルモーズを手放しで称えたのは『人間の大地』の中だった (→p.108)。メルモーズはあらゆる空の冒険の先駆者だった。郵便飛行，砂漠の飛行，アンデス越え，夜間飛行，大西洋横断飛行。これらの危険を彼はいつも巧みに切り抜けてきた。このすばらしい友の失跡は，夫婦関係の悪化と経済的困難に苦しんでいたサン＝テグジュペリの心の痛手をいや増した。

⇩サン＝ラザール駅を出発するサン＝テグジュペリと妻――サン＝テグジュペリはコンスエロとともに列車でル・アーヴルに行き，そこから耐久レースの起点であるニューヨークに向かった。親しい友人にはこうもらしていた。「この旅行はやばいよ。幸いぼくはついているから何も起こらないだろうけど」

1938年2月，ニューヨーク＝プンタ・アレナス飛行レース

彼の気力を支えたのは，新たな長距離耐久飛行レースだった。砂漠で壊れたF－ANRY号にかわり，新しいシムーン機F－ANXR号を手に入れていたのだ。今度のレースは全行程の6割がアンデスの上空だった。最

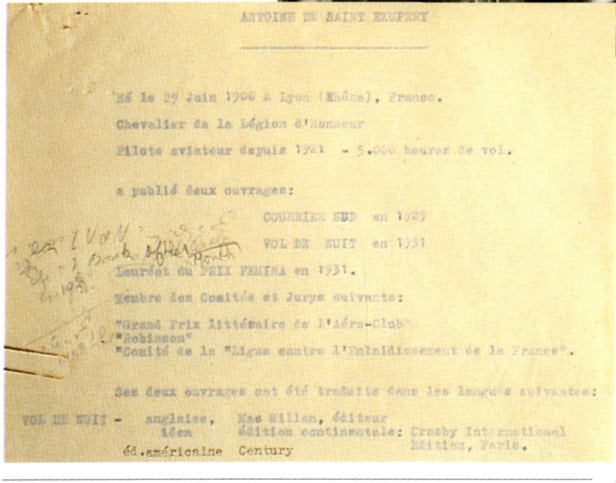
ANTOINE DE SAINT EXUPERY

Né le 29 Juin 1900 à Lyon (Rhône), France.

Chevalier de la Légion d'Honneur

Pilote aviateur depuis 1921 - 5.000 heures de vol.

a publié deux ouvrages:

COURRIER SUD en 1929

VOL DE NUIT en 1931

Lauréat du PRIX FEMINA en 1931.

Membre des Comités et Jurys suivants:

"Grand Prix littéraire de l'Aéro-Club"
"Robinson"
"Comité de la "Ligue contre l'Enlaidissement de la France".

Ses deux ouvrages ont été traduits dans les langues suivantes:

VOL DE NUIT - anglaise, Mac Millan, éditeur
idem édition continentale: Crosby International Edition, Paris.
éd.américaine Century

⇦サン＝テグジュペリの履歴書（1938年）――アルゼンチンから帰ったのち，彼はあまり空を飛ばなくなった。パイロットの職を探しても，提供される仕事の多くは手記の執筆だったのだ。1934年のパスポートの職業欄には「飛行士」と記されていたが，1940年には「作家」に変わった。

初の寄航は事なくすんだ。だがグアテマラ・シティを離れようとしたとき，飛行機は燃料を積みすぎていたために離陸に失敗し，滑走路の先で大破してしまった。「機体から引っぱり出されたとき，このわたしが一番大きな残骸だった」。コンスエロも今度こそ夫を失うのではないかと不安になって駆けつけた。サン＝テグジュペリは重傷を負い，いくつも手術を受けなければならなかったが，壊疽にかかった左腕を切断することは強くこばんだ。

⇩壊れたF−ANXR号——F−ANXR号の事故は，燃料の計算ミスが原因だった。アメリカでは1ガロンが3.8リットルだったのに，グアテマラでは4.5リットルだったのだ。

ニューヨークで恢復を待つ間，サン＝テグジュペリは『人間の大地』を書きはじめた。1929年に知りあって以来交際を続けていた女性が，フランスからやってきて身のまわりの世話をしてくれた。彼の人生を通り過ぎていった「流れ星」の中でもひときわ光彩を放っているこの女性は，最後の最後まで彼の守護天使であり，影の協力者・保護者であり続けた（→p.107，110，130）。

「皆で集まって白いテーブルクロスを囲みたいものです」

『人間の大地』は1939年2月に出版された。これは小説というよりは手記とよぶべき作品だったが，それでもアカデミー・フランセーズの小説大賞を受賞した。アメリカでは『風と砂と星と』という題で翻訳出版され，1939年の全米図書賞に輝いた。だが何より彼を喜ばせたのは，グレヴァン印刷所の工員たちが飛行機の翼用布に『人間の大地』の全文を印刷して贈ってくれたことだった。

1939年の前半，サン＝テグジュペリはアメリカの翻訳者に原稿を届けたり，ギヨメの操縦する飛行艇に乗るなどして，

⇨手紙を読む母（1927年）——サン＝テグジュペリは誰よりも多く母に手紙をかき，旅行中に感じたことをこまごまと書きつけた。これらの手紙はのちにまとめられ，『母への手紙』という題名で出版された。

ニューヨークとフランスの間を何度か往復した。夏の間もニューヨークに滞在していたが，戦争の気配が濃くなるとフランスに戻った。

⇧サン＝ラザール駅で出迎えを受けるサン＝テグジュペリ（写真中央はイヴォンヌ・ド・レトランジュ）――耐久レースの失敗に傷つき，経済的困難と夫婦の不和に悩んでいた彼は，もはや書くことができなかった。そこでアメリカの出版元は，それまで雑誌や新聞に掲載されてきた記事に手を加え，それらをつなげて一冊の本にすることを勧めた。こうして『人間の大地』の構成が決まったのだ。

❖「日ましに息苦しさがつのります。もはやこの国では息ができません。……諸々の出来事について言いたいことはたくさんあります。でもそれを言うとしても観光客としてではなく，戦闘員としてです。そこにしかぼくが話す可能性はありません」 ……………………

サン＝テグジュペリ『X夫人への手紙』

第 5 章

戦　う　操　縦　士

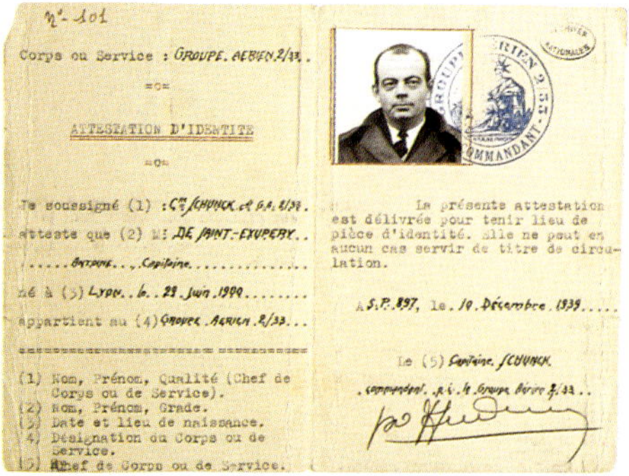

⇦英語版『夜間飛行』初版の挿絵（ベルナール・ラモット作）

⇨身分証明書（1939年）——サン＝テグジュペリは，入隊するには年をとりすぎ，事故の後遺症のため飛行不適格といわれていたにもかかわらず，さまざまなコネを用いて前線に送ってもらおうとした。33-2部隊に入れたのは，ダヴェ将軍が彼の書類を直接航空省にまわしてくれたおかげである。

1939年９月１日，ヒトラーのポーランド侵攻により，それまで危うく保たれていたヨーロッパの平和は破られた。イギリスに次いでフランスがドイツに宣戦布告した。だが開戦後８ヶ月間は，両陣営とも動こうとしなかった。この間，ヒトラーは人員を増やし，軍備の拡張につとめた。一方フランスは，戦意が行き場を失うという厳しい試練にさらされた。

⇩宿舎の農家と1939年のサン=テグジュペリ――「感じのいい農家に寝泊まりしています。……いつでも薪があかあかと燃えていて，ぼくは飛行機から降りてくるとそこで凍えた体を暖めます」

「だらだらとした奇妙な戦争です」

予備役大尉のサン＝テグジュペリは1939年９月４日，航空指導教官としてトゥールーズ＝フランカザルに召集された。情報局の仕事を提供されたが断り，戦場への配置転換をもとめて奔走した結果，11月，シャンパーニュ地方のオルコントに宿営する33-２偵察部隊に転属された。

４人の同僚（ロー，ガヴォワル，イスラエル，オシェデ）と２人の将校と共同で使っていた建物は，トタン屋根のバラックで，四方から風が吹き込み，湿気を遠ざけるために床板が高くしてあった。パイロットの中では最年長で，しかも位が上だったにもかかわらず，彼はすぐに仲間として受け入れられた。話術と奇術とトランプ手品で皆を魅了してしまったのだ。宿舎は農家で，顔を洗うために洗面器に張った氷を割らなければならなかった。1939年の冬は寒さが厳しく，偵察飛行の任務もあまりなかった。それでも生活はさほど退屈ではなく，時折の外出や，ジョゼフ・ケッセルやレオン・ウェルトらの訪問，喜劇役者フェルナンデルの慰問公演などに活気づいた。

だがサン＝テグジュペリは仲間との間にへだたりを感じていた。彼は1934年以来，飛行士の仕事がやりやすくなるように８つの特許を登録していたが，比較的平穏なこの冬を利用して，距離計を含むいくつかの特許を取ることにした。そのために何度かパリを訪れ，物理学者のフェルナン・オルヴェックに会っている。オルヴェックはサン＝テグジュペリが科学者でもないのに鋭いひらめきを見せることに驚いた。

⇩33-2部隊の同僚とケッセル――33-2部隊に入ったサン=テグジュペリは，さっそくポテズ63-7のような新型機に慣れ，仕事を完璧にこなすばかりか，難しい状況を切り抜けることさえしなければならなかった。当時少尉だったガウォワル将軍によると，いささか不安な前評判にもかかわらず，サン=テグジュペリは基地のパイロットには珍しく，一度も機器を壊さなかったという。1939年12月22日，従軍記者となっていたジョゼフ・ケッセルが，サン=テグジュペリに会いにオルコントを訪れた。

「この戦争が何ものにも似ていないということを誰ひとり認めたがらない」

1940年5月，電撃戦の開始とともに偵察飛行が再開し，一機また一機と撃墜されるにしたがって部隊の人員はしだいに減っていった。「3週間で23組中17組が失われた。……フランス全土で50組しかないのだ。フランス軍の全戦略がわれわれの肩にかかっている」。飛行士たちはル・ブールジェに退却し，そこからアラス上空に飛んでドイツ軍の進撃状況を探ることになった。（ただし，結果として軍の最高司令部は，それらの情報を一切考慮に入れなかった。）5月22日，サン＝テグジュペリの番がまわってきた。彼はのちにこの仕事に対して戦功十字勲章を贈られ，軍の通達で表彰されること

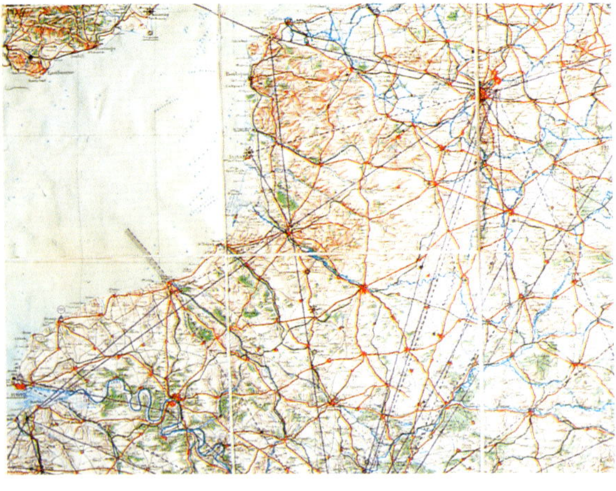

になる。操縦席から見おろす光景で何より衝撃的だったのは，すぐにも攻撃できるように村の南に結集した何百台もの戦車と，追われるように逃げていく人や車でぎっしり埋まった街道だった。「眼下の道路にはいつまでも流れやまない黒いシロップのようなものがどろどろと流れていた」。それはまさしく民族大移動だった。

⇧アリアス大尉とともに――アルジェで33-2部隊を指揮していた大尉は，休戦協定への署名を拒み，武装を解除しなかったため，15日の禁足に処せられた。

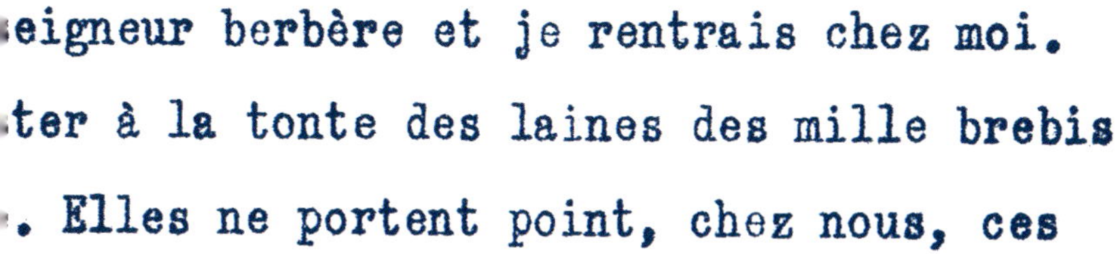
eigneur berbère et je rentrais chez moi.
ter à la tonte des laines des mille brebis
. Elles ne portent point, chez nous, ces

「ギヨメが死にました」

6月9日の偵察飛行を最後に，33－2部隊はまずボルドー，次いでアルジェに退却した。サン＝テグジュペリも地中海をわたった。アルジェリアに着いたら戦いを続けるつもりだったが，6月22日に休戦協定が結ばれ，7月31日，他の同僚とともに動員を解除された。帰国後，彼はアゲーに滞在し，冗談めかして「遺作」と呼んでいた『城砦』を執筆した。

サン＝テグジュペリは行動したかった。その彼がドゴールと合流しなかったのは，占領下のフランスを目の前にして，国外から抗戦を呼びかけるリーダーと手を結ぶ気になれなかったからだ。敵に対して一丸とならなければならないときに，そんなことをすると国が分裂してしまう。この行き詰まりを打開するには，アメリカに助けを求めるしかない。こう考えた彼は，しだいにニューヨーク行きを検討するようになった。

10月，サン＝テグジュペリはアメリカの入国査証

⇧『城砦』の最初のタイプ原稿――1936年に書かれた『城砦』の初稿で，サン＝テグジュペリはサハラ砂漠のことを語っている。だがこの原稿はけっきょく破棄された。

（前頁左）フランス北部の地図

⇩サン＝テグジュペリの地図入れ――偵察に行くとき，パイロットはそれぞれ自分が飛ぶことになっている地域の地図をもっていく。遂行すべき任務に応じて航路を書き込むのだ。サン＝テグジュペリはこれらの地図を保護するために入れ物をつくり，そこに小さく飛行機の絵を描いた。

をとった。アメリカへはリスボンから船で行くことになったが，以前内戦について書いた記事のためにスペイン本土の通過を拒否され，アルジェ経由でリスボンに着いた。このとき彼はギヨメが地中海上空で撃墜されたことを知ったのだ。

「わたしはギヨメを失った。飛行中に撃墜されたのだ。一番の親友だった。彼のことは話すまい。……わたしたちは同じ材料でできていた。彼の中でわたしも少し死んだような気がする。わたしはギヨメを沈黙の道づれにした」

12月21日，サン＝テグジュペリはシボニー号でアメリカに向けて出航した。リスボンで知り合った映画監督ジャン・ルノワールも同船していた。

ニューヨークのレジスタンス

サン＝テグジュペリは以前出版した本のために，アメリカの世論にある程度の影響力をもつようになっていた。予定し

⇧ジャン・ルノワールとともに——サン＝テグジュペリはリスボンでジャン・ルノワールと意気投合した。ニューヨークに着いてすぐ美術学校の級友ベルナール・ラモットを訪ねたときも，ルノワールをともなっている。ルノワールはハリウッドに行く前，しばらくニューヨークに滞在して頻繁にサン＝テグジュペリと会い，フランスの行末について大いに論じあった。

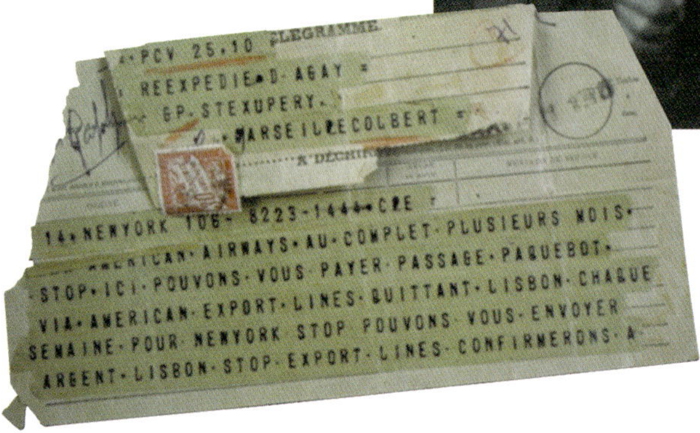

TÉLÉGRAMME
PCV 25.10
REEXPEDIE D AGAY =
GP STEXUPERY
MARSEILLE COLBERT =
8223-1444 CRE
14 NEWYORK 106
AMERICAN AIRWAYS AU COMPLET PLUSIEURS MOIS
STOP ICI POUVONS VOUS PAYER PASSAGE PAQUEBOT
VIA AMERICAN EXPORT LINES QUITTANT LISBON CHAQUE
SEMAINE POUR NEWYORK STOP POUVONS VOUS ENVOYER
ARGENT LISBON STOP EXPORT LINES CONFIRMERONS A

⇖サン＝テグジュペリ宛の電報——飛行機が数ヶ月先まで満席なので，毎週リスボンから出航する船でニューヨークに向かうようにと書いてある。

ていた滞在期間は４週間ほどで，その間にアメリカに参戦を呼びかけるつもりだった。ところが実際は２年に及び，それにもかかわらず彼は本気でこの国に溶け込もうとはしなかった。英語を習うのも嫌がり，いつもまわりに適当な人を見つけて通訳させていた。

ニューヨークのフランス人社会は，ドゴール派に加わるか否かで真二つに割れていた。サン＝テグジュペリは党派に属するのがいやだったので言葉を濁《にご》していたが，どちらの陣営も彼を味方に取り込もうとした。「わたしは銃殺を認めすぎるヴィシーも，漁夫の利を得すぎるドゴールも好きではない」。ヴィシー政権に協力的だとして彼を非難したアンドレ・ブルトンには，こう反論した。「わたしの友人のうち半分は死んでしまったのに，あなたの友人はみな生きているではないか」。休戦協定を支持したのは，より害が少ないと思ったからなのに，真意は理解されず，激しい誹謗中傷にさらされた。彼はただ愛する祖国が分裂の危機を免れるよう願っていただけなのだ。

「生きることがますます困難になっています」

1941年８月，サン＝テグジュペリはジャン・ルノワールに会いにハリウッドを訪れた。ニューヨークのフランス人社会から逃れたことを喜んだ彼は，グアテマラの事故の後遺症に苦しんでいたので，この機会を利用して手術を受けた。

⇩『アメリカのクリスマスの寓意』(ダリ作。1934年) ――ダリも属していたシュールレアリスト集団の中心的存在だったアンドレ・ブルトンは，名うての反軍国主義者で公然と戦争を非難し，サン＝テグジュペリの態度をヴィシー体制に与するものだといって激しく責めた。これに対してサン＝テグジュペリは「あなたは精神の強制収容所の人間だ」と書いたが，この手紙は投函されず，1989年に発見された。

⇦サン＝テグジュペリとレイナル夫妻——サン＝テグジュペリはアメリカ滞在中も頑として英語を覚えようとしなかった。さいわい，ニューヨークの出版社社長の妻，エリザベス・レイナルがしばしば通訳をつとめてくれた。彼のために緑と摩天楼に挟まれたアパルトマンを見つけてくれたのも彼女である。当時フランスの敗北について20点ほど本が出ていたが，出版社はフランスの戦意がまだ失われていないことを示す本を書いてほしいといってきた。だが彼はフランスに自己正当化を迫ることは祖国を侮辱するに等しいと考えていたので，なかなか書こうとしなかった。

恢復期，彼は『戦う操縦士』の執筆にとりかかった。ベッドを離れられないのが辛かったが，『アンヌ・マリー』で主演した女優のアナベラが毎日のように訪れ，気を紛らしてくれた。

11月，サン＝テグジュペリはニューヨークに戻り，出版元や翻訳者に急かされながら，推敲するのに10年かかるといっていた作品を８ヶ月で書き上げた。『戦う操縦士』の英語版は『アラスへの飛行』という題名で1942年２月に出版された。アメリカが真珠湾攻撃を機に参戦したのはその２ヶ月前である。英雄的行為が好きなアメリカ人は，この本を読んで，ドイツ軍に蹂躙される前に勇敢に戦ったフランス

HÉROÏSME JUIF.

Au moment même où M. de Saint-Exupéry, aristocrate, aviateur et romancier fronpopu, *exalte avec une émotion si pure l'héroïsme de son petit copain Israël, bon chrétien comme son nom l'indique, une décision américaine prescrit que les Juifs d'Afrique du Nord seront, désormais, dispensés de tout service militaire. La peau des fils d'Abraham est toute précieuse. Il convient de préserver cette pure et forte race, d'où sortiront demain les futurs présidents des Républiques africaines, dont rêvent Roosevelt, Churchill et le Grand Rabbin.*

人がいたことを知り，感銘を受けた。だがフランスの受け止め方は違っていた。『戦う操縦士』は2100部しか印刷されず，それらはすぐに売り切れたものの，まもなく販売は中止となった。本の中でイスラエルという名の飛行士を賛美したことが(→p.109)問題になったのだ。それでも1943年にはリヨン，44年にはリールで地下出版本があらわれた。

「あなたはけっしてぼくの渇望にこたえてくれない」

1942年という年は，妻コンスエロがニューヨークにやってきた年でもあった。彼女は夫と同じ建物にアパルトマンを借り，ニューヨーク中のシュールレアリストを客に招いた。その中にはサン＝テグジュペリを非難したブルトンもいた。

一方，サン＝テグジュペリ宅を訪れたのはジャーナリストや作家や友達の画家で，そのほか女性の出入りも多かった。ゆきずりの恋人，文学上の相談相手，悩み事の相談相手など，コンスエロが「かわいこちゃん」と呼んでいたこれらの女性は，かよわい女性を守りたいというサン＝テグジュペリの気持ちに十分こたえながら，彼を優しくいたわった。

サン＝テグジュペリによれば，本は読者を満足させる前にまず作者を満足させなければならなかった。アメリカの翻訳者ルイス・ガランティエールに『戦う操縦士』の原稿を催促されたとき，彼は次のように書いている。「駄作が600万部売れるより，赤面せずにすむ本が100部売れる方がまだましです」

（前頁下）『戦う操縦士』に反発する反ユダヤ主義の記事（1943年３月）

⇦『戦う操縦士』の地下出版本――『戦う操縦士』は，フランスで出版された当初は好評だった。だがまもなく対独協力派の雑誌や新聞が，サン＝テグジュペリとユダヤ人同僚との親しい関係を問題にし，彼を祖国に対する裏切り者として告発した。一方ドゴール派は，次に引用する『戦う操縦士』の結びが敗北主義でヴィシー寄りだとして非難した。「傍観者から見れば，明日のわたしたちは敗者だろう。敗者は沈黙しなければならぬ。種子のように」

『アラスへの飛行』（英語版『戦う操縦士』）の挿絵と表紙（ラモット作。1942年）——『アラスへの飛行』の初版の挿絵は，美術学校の同級生で1935年からニューヨークに住んでいたベルナール・ラモットが担当した。その迫真的な絵を見たサン＝テグジュペリは，どうして画家が見たこともない光景や会ったこともない人々をこんなに写実的に描けるのかとふしぎがった。

「ぼくの心の中にいる小さなぼうや」

ずいぶん前から，サン＝テグジュペリの頭の中には小さな子どもがすみつき，レストランのテーブルクロスや，紙きれや，手紙にその姿をあらわしていた。ときには背中に翼を生やしたその子どもは，幼いころの彼自身のイメージだったのだろうか，それとも彼が生涯もつことのなかった「アントワーヌ２世」の姿だったのだろうか。いずれにせよ，出版社から話をもちかけられ，彼ははじめて子ども向けの本を書くという冒険に乗りだした。最初はベルナール・ラモットに主人公を描いてもらったが，できてみると純真さに欠けていたので，自分で挿絵を描くことにした。サン＝テグジュペリは色鉛筆と水彩絵具を買いもとめ，1942年の夏，彼の作品で最も有名になる『星の王子さま』の挿絵を描きはじめた。

⇙ベヴィン・ハウス――1942年夏，暑さに苦しんだサン＝テグジュペリは，小さくていいから緑に囲まれた家を探してほしいと妻にたのんだ。ところが妻が見つけてきたのは，部屋数が22を下らないというこの大きな屋敷だった。『星の王子さま』はこの家で書かれた。大勢の客がここを訪れたが，彼らは夜中の２時に，空腹だからスクランブルドエッグをつくってくれと大声で妻に要求している彼の声に眠りを妨げられるのだった。

なかなか満足できずに何枚も描きなおし，王子さまの姿勢

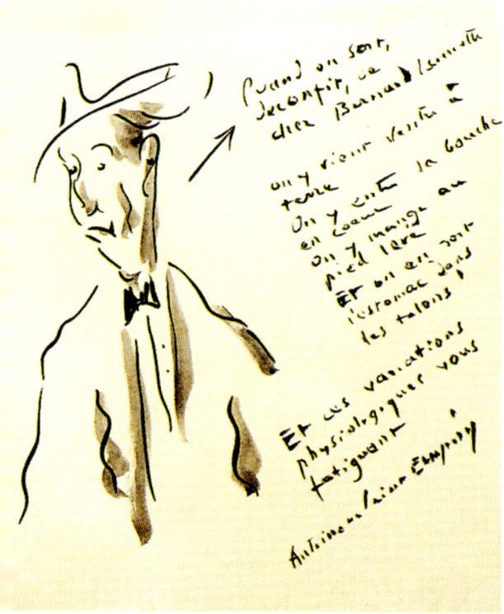

⇦ベルナール・ラモット宛ての葉書（1941年）
（前頁右）レオン・ウェルト宛の手紙に描かれた「星の王子さま」（1943年11月）

が本当らしく見えるように友だちにポーズをとってもらうこともあった。『星の王子さま』は1942年のクリスマスに出版が予定されていたが，遅れて翌年４月に店頭に並んだ。『メリー・ポピンズ』の作者トラヴァースは次のように書いている。「グリム兄弟の死を嘆くことはない。なぜなら今でも『星の王子さま』のようなおとぎ話が，飛行士や，星々の中を進む人々によって書かれ，わたしたちのもとに落ちてくるのだから」。この作品はサン＝テグジュペリのうちにあった不安と真実の集大成だといえるだろう。彼は小さな子どもの目を通して，自分にとって最もたいせつなものを語ったのだ。

⇩サン＝テグジュペリの絵の中にあらわれた「星の王子さま」の前身――この人物はしばしば髪が薄く，背中に翼をつけていることもあった。

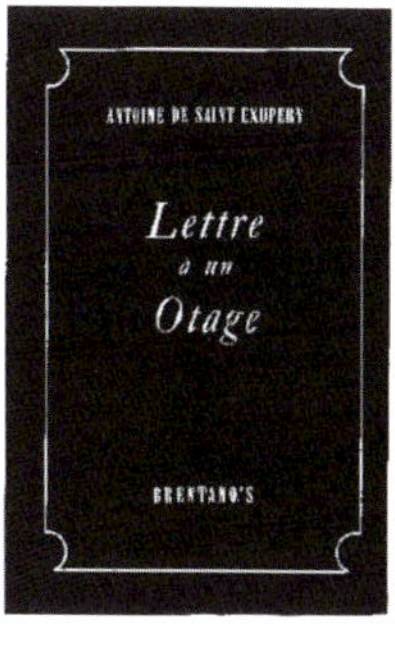

⇩『ある人質への手紙』（1943年）

「何をおいてもフランスだ」

この間，アメリカ軍は1942年11月８日に北アフリカに上陸していた。ドイツ軍は反撃のため非占領地帯に侵攻した。サン＝テグジュペリは『ニューヨーク・タイムズ・マガジン』と『カナダ・ド・モンレアル』に声明文を発表し，アメリカ

⇧ 英語版『星の王子さま』

⇦『星の王子さま』のための水彩画「バオバブの木」と「年よりの王さま」――「おかしな惑星，おかしな問題，おかしな言語。もしかしたら単純に生きられる惑星があるかもしれない」とサン＝テグジュペリは，恋人のシルヴィア・ラインハルトに書いている。彼がよく約束の時間に遅れてくることを嘆いた彼女は，『星の王子さま』のキツネのモデルとなった。この作品を書いているとき，サン＝テグジュペリの健康は心身ともにすぐれなかったが書くことによって世界から逃避し，自分が無為に日を過ごしているという気持ちを忘れることができた。彼はまわりの人々の考えや態度からモデルをつくり，独特のやり方で文章にしたが，この本が50年後に103ヶ国語に翻訳されて聖書とマルクスの『資本論』に次ぐロングセラーとなるとは予想だにしなかった。

在住のフランス人に和解を呼びかけた。だがこの声明は悪くとられ，彼は非難の矢面に立たされた。同胞の狭量さと恨みがましさに嫌気がさしたサン＝テグジュペリは，33－2部隊に戻れるよう奔走し，1943年3月，ついに移動証明を手にして，戦地の連合軍キャンプに送られることになった。

彼は2週間の船旅ののち，4月末にアルジェに到着した。当時33－2部隊はモロッコのウージャに宿営していた。サン＝テグジュペリはここで元の偵察部隊に復帰し，最新の高性能機ライトニングP38を操縦することになった。体に数々の事故の跡を残す彼にとって，若く健康な隊員とともに酷暑の中で厳しい飛行訓練を受けるのは楽ではなかったが，心は高揚していた。

サン＝テグジュペリは6月に少佐に昇進し，7月21日にはじめての任務でフランス上空を飛んだ。ところが2度目の任務のとき，ささいな着陸ミスのために予備役に回されてしまう。その冬，彼はアルジェに滞在していた文学界や政界の名士たちと親しく交わった。『城砦』の執筆も再開し

⇧『公開状』を読み上げるサン＝テグジュペリ——「ドイツの闇がわれらの領土を覆いつくした。……今やフランスは沈黙するばかりだ。すべての火は消え，難破船のように闇のどこかに消えてしまった」

た。だが内心では焦燥に駆られ，戦場に戻ることばかり夢みていた。彼は地中海空軍司令官のエイカー将軍に連絡をとり，もう一度元の部隊に戻してもらおうと企てた。

「わたしは我が家に戻ってきた。33－2部隊はわたしの家なのだ」

1944年５月，念願かなってサン＝テグジュペリはサルデーニャ島の33－２部隊に復帰した。ライトニング機の操縦年齢制限（35歳）を優に上まわっていたが，例外的に６月14日から５回の偵察飛行がゆるされた。

７月11日，彼はふたたび空を飛び，近々アメリカ軍が上陸することになっているフランス沿岸部を偵察した。31日，サン＝テグジュペリは最後の任務に飛び立った。彼が戻りしだい，ガヴォワル将軍は連合軍によるプロヴァンス上陸作戦の日時を教えることになっていた。そうなればもう飛ぶことはできない。そのような重大機密を握っている者を，ドイ

（前頁下）晩年のサン＝テグジュペリ(ジャック・テヴネ作)

⇩（上）サン＝テグジュペリが描いた「羊飼いの娘」(晩餐会のメニューの挿絵)。
（下）ライトニングP38の飛行隊

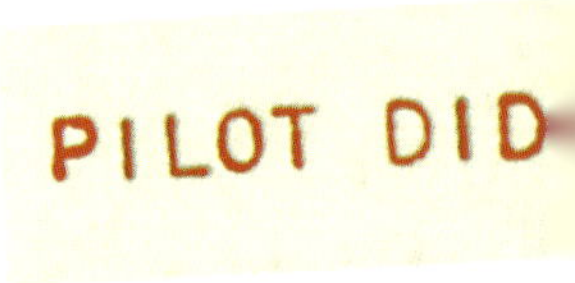

ツ軍の目の前に送るわけにはいかないからだ。航続距離6時間の偵察機に乗り，サン＝テグジュペリが離陸したのは朝の8時30分だった。そして、13時間がすぎても，人々はまだ一縷《いちる》の望みをつないでいた。だが14時間がすぎ，ついに望みは断たれた。

自殺だろうか，裏切りだろうか，対独抵抗組織に入ったのだろうか。さまざまな憶測が飛び交った。だが美化されようと貶《おとし》められようと，彼のオーラは輝きを増すばかりだった。

「たとえ戦争で殺されても，わたしは一向にかまいません。……たとえこの『必要かつ不毛な』仕事から生還できても，問題がひとつ残るだけです。つまり，人々に対して何が言えるのか，何を言うべきかという問題が」

だがサン＝テグジュペリは帰ってこなかった。飛行機に乗って，星の王子さまのように，自分の惑星へと旅だったのである。「今いるここよりはるかに、まぎれもなく真実だと思われる幼年時代の思い出の世界」へと。

⇨サン＝テグジュペリを乗せて飛び立つライトニングP38——「操縦しているのはライトニングP38という軽い怪物で，これに乗っていると，移動しているというよりは大陸のあらゆる場所に同時にいるような気がする」。ライトニングP38は，作られた当初は4つの機関銃と1つの機関砲をそなえた高速戦闘機だった。偵察に使われるようになると，機関銃と機関砲は外され，かわりに数台のカメラが機首にとりつけられた。サン＝テグジュペリはこれに乗って最後の任務に飛び立った。

⇦アルゲーロ基地にて——1944年５月，『ライフ』誌のカメラマン，ジョン・フィリップスがアルゲーロを訪れ，基地の生活を写真におさめた。サン＝テグジュペリは彼の依頼で，５月29日の夜から30日にかけて『あるアメリカ人への手紙』と題する記事を書いた。

⇩最後の偵察飛行に関する報告書の結び。「操縦士帰投せず，行方不明と推定さる」

T RETURN AND IS PRESUMED LOST.

HUGO PRATT
ANTOINE DE SAINT-EXUPÉRY

資料篇

書簡と友人たちの証言

1「ごぶさたしています」

サン＝テグジュペリは手紙の中で赤裸々に自己を語った。書くことで孤独感を紛らし，遠くにいる家族や友だちにも喜びや悲しみを分かち合ってほしかったのだ。その手紙は，ときに挿絵入りで，彼があじわった幸福や興奮，あるいは失意をあきらかにしてくれる。ときには手紙の文章が手直しされて著書の中に挿入されることもあった。

「まんねんひつを手に入れました」

文章が書けるようになった少年の頃から，アントワーヌは母と手紙で親密なやりとりを続けていた。1910年から1944年までに書かれた彼の手紙は『母への手紙』という題で一冊の本にまとめられたが，それを読むと彼らが非常に強い愛情で結ばれていたことがよくわかる。

ル・マン，1910年6月11日

まんねんひつを手に入れました。それで書

⇩シルヴィア・ラインハルト宛の手紙の一部（1944年）――「シルヴィア，ぼくは遠くを見ているのだが，先のことは何もわからない。……」

Tu vois Sylvia je regarde loin devant moi et je ne sais rien de l'avenir. J'aimerais bien

いています。とてもぐあいがいいです。明日はぼくの名前の祝日です。エマニュエルおじさんは，お祝いに腕時計をくれるといっていました。ですからおじさんに手紙をかいて，明日がぼくのお祝いだといってください。木よう日にノートル・ダム・デュ・シェーヌに巡礼があって，クラスの友だちとでかけます。とても天気がわるくて，いつも雨がふっています。みんなからいただいたものを使って，きれいな祭だんをつくりました。さようなら。

大好きなおかあさま，とてもお会いしたいです。

アントワーヌ

明日はぼくのお祝いです。

『母への手紙』

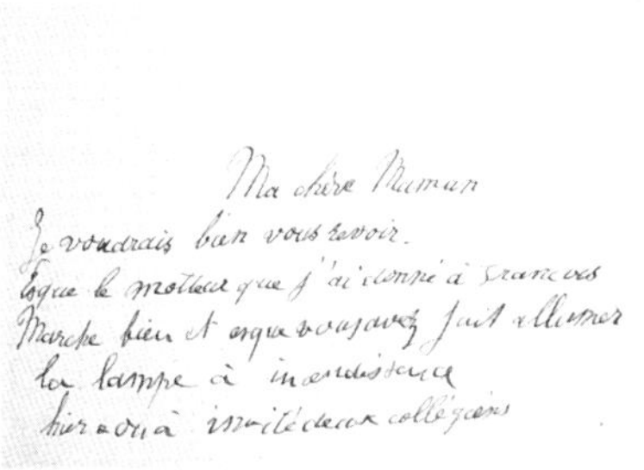
Ma chère Maman
Je voudrais bien vous revoir.
Esque le motteur que j'ai donné à Francois
Marche bien et esque vous avez fait allumer
la lampe à incandescence
hier on m'a invité deux collégiens

⇧母への手紙（1910年。ル・マン）――「大好きなおかあさまへ。とてもお会いしたいです。フランソワにやったエンジンはちゃんと動いているでしょうか。それから白熱電球はつけてくれましたか。……」

公爵夫人の午餐会

1917年，パリにやってきたサン＝テグジュペリは，首都に住む親戚のつてで各界の著名人と知り合いになった。父方の叔母アナイス・ド・サン＝テグジュペリは，ベルギー王の妹，ヴァンドーム公妃の女官であり，華やかなパリの生活に目をみはっている田舎者の甥のために，午餐会に出席して妃殿下にお目通りできるよう取りはからってくれた。そのときの感激をアントワーヌは母につぎのように書いている。

パリ，1917年

やりました。ヴァンドーム公妃（ベルギー王の妹にあたる方です！）のお宅で催された午餐会に行ってきたのです。嬉しくて胸がはちきれそうです。すてきな人たちです。殿下はものすごく頭がよくておもしろい方です。ぼくは一度もへまはしませんでしたし，しどろもどろにもなりませでんした。アナイスおばさまはとてもご満足でした。もしおばさまが何か書いてきたら，その手紙を送ってください。

いちばん嬉しかったのは，あの方が（ヴァンドーム公妃のことです）いつか日曜日にぼくをコメディー・フランスセーズに連れていってくださるとおっしゃったことです。こんな名誉ってあるでしょうか！

『母への手紙』

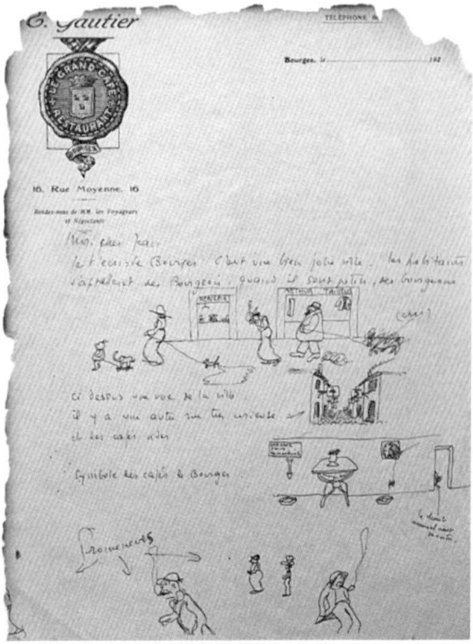

⇧ジャン・エスコへの手紙（1925年，ブルジュ）——「ジャンへ。今ブルジュにいます。とてもきれいな町です。住民はブルジョワと呼ばれ，子どものころはブルジョン［木の芽の意］と呼ばれています。これは町のながめです。……」

友人たち

シャルル・サレスは1900年にリヨンに生まれ，サン＝テグジュペリとは1915年にフリブールの聖ヨハネ学院で知り合った。高等商業学校に学び，卒業後は農場経営者としてタラスコンの近くに落ち着いた。サン＝テグジュペリは戦争がはじまるまで，しばしば彼のもとを訪れた。

パリ，サン＝ルイ高校，1917年末

元気かい。

聖書を送ってくれてありがとう。心から感謝します。ぼくにくれるだなんて，きみは本当にいい奴だよ。お礼に何をすればいいだろう。もしかして数学の宿題を送るなんてのはどうかね？？？!!　なにしろ埋もれてるんで（数学に）。3年分を1年でやらなくちゃならないんだ，サン＝ルイ高校の海軍兵学校準備クラスにいるものだから。8月に試験がある。

受かるかな？？？？？

たった今，君からの小包を受けとってさっそく書いている。ここの事務があんまり「能率的」なもので8日も置きっぱなしになってたってわけだ。

これ以上話せなくてごめん。君の長い手紙にこたえて同じくらいおもしろい手紙を書きたいけど，今はやることがあんまり多くてこれっぽっちも自由時間がないんだ（それなら詩を書いてた時間はどこにあるのかね？？？）。

時間ができたらもっと長い手紙を書くよ。（たぶん木曜日）

それでは大急ぎで，でも心を込めてさようなら。

君の友だち（一生の間，永遠に，イン・セクラ・セクロールム，アーメン）。

アントワーヌ

ぼくほど勉強が忙しくなければ手紙をください。

［注］「イン・セクラ・セクロールム」は「世々

にいたるまで」という意味のラテン語。典礼の祈りの結びに唱える。

プレイヤード叢書
『サン＝テグジュペリ全集』

中部フランスでトラックの販売員をしていたころ

サレスと同様，1900年リヨン生まれのジャン・エスコは，1921年，ストラスブールで兵役に就いていたときにサン＝テグジュペリと知り合った。のちに工業製品や食品の会社で営業部長として活躍した。

旧友ギヨメ

アンリ・ギヨメは1902年生まれ。戦闘機パイロットになるための訓練を受け，のちに民間の輸送機パイロットの資格を取ってラテコエール社に入った。入社当初はカサブランカ＝ダカール路線で郵便物を運び，次いで1930年，南アメリカの路線に移った。『人間の大地』のおかげで，ギヨメの名は不朽のものとなった。1940年11月27日，公務飛行中に死亡。

「粋なジゴロ」

アンリ・ド・セゴーニュ（1901～1989）はボシュエ高校の同級生である。登山に熱中し，1936年，フランスから派遣された第一回ヒマラヤ探検隊の隊長となった。国事院評議員に続き，ローヌ＝アルプス地方高速道路会長をつとめた彼のもとには，サン＝テグジュペリの手紙が20通ほど保存されていた。

ダカール，1927年

元気かい。親愛なる友よ

　けっきょくセネガルはそう退屈なところ

⇧アンリ・ギヨメへの手紙（1927年，カサブランカ）──「……きっとギヨメは今でも一日に４人の子どもをこしらえているんだろう。ぼくに１人ぐらいくれてもよさそうなものだが。……」

ではありません（郵便を運ぶたびに10日間の自由時間がもらえるのです）。なにしろダカールは両腕を広げてぼくを迎えてくれたし，ぼくはそこで突然粋なジゴロになってしまったんだから。毎晩踊って，湯水のように金を使っています。お見通しだろうけど。それにここにはすてきな人たちがいます。中にはすてきすぎて，年ごろの娘がいる上にご本人は百万長者なんて人もいる。ぼくはまずまずの花婿候補だけど，自己保存本能はしっかりしてるからご心配なく…

でも本当に惹かれる女性も一人，二人はいます。それでときどきメランコリックになるんだ。

プレイヤード叢書

『サン＝テグジュペリ全集』

アンデスの印象

アンデス山脈を縦断したサン＝テグジュペリは，眼下の景色に魅せられた。

じつに美しい国です。アンデス山脈のすばらしさといったらありません。高度6500mのところで雪あらしの誕生に出会くわしました。峰という峰が火山のように雪を噴き出し，山全体が沸騰しはじめたかのようでした。高さが7200mもあって（モンブランが哀れにみえます！）幅が200kmもある雄大な山です。もちろん要塞のように人を寄せ付けません，少なくともこの冬は（といっても，ああ！　ここはいつでも冬なのです）。そして飛行機でその上空を飛ぶと，とほうもない孤独感に襲われます。

1930年7月25日

『母への手紙』

「わがままな子ヤギのように」

リビア砂漠で事故に遭ったサン＝テグジュペリが最初に受けとった手紙は母からのものだった。彼はすぐに返事を書いた。

カイロにて，1936年1月3日

なつかしいお母さま，

お心のこもったお手紙，ぼくは泣きながら読みました。だって砂漠の中であなたを呼んでいたのですから。誰もいなくなってしまったことに，あの静寂にあんまり腹が立ったものだから，大好きなお母さまに呼びかけていたのです。

コンスエロのように自分を必要とする人を残していくのはとても辛いことです。何としても戻って守ってやらなければ，かばってやらなければと思い，そういう義務を果たさせまいとする砂からやっとの思いで爪を引き抜く。その気になれば山でも動かせたでしょう。

でもぼくが必要としていたのはあなたです。あなたに守ってもらいたくて，かばってもらいたくて，ぼくはわがままな子ヤギのようにあなたを呼んでいたのです。

ぼくが帰ってきたのは少しはコンスエロ

のためでもありますが，お母さま，あなたのおかげで帰れたのです。あんなにかよわくていらっしゃるのに，あなたはご自分がこれほどまでに強く，賢く，恵み深い守護天使であることをご存じでしたか。そして夜，ひとりであなたに祈っている者のあることを。

『母への手紙』

「あいつらの論争にはうんざりだ」

サン＝テグジュペリの最後の手紙は長年の恋人X夫人に宛てたもので，彼の死後，机の上に置いてあるのが発見された。

先日戦闘機に襲撃されました。すんでのところで逃げ切りました。そのことをすごくいいことだと思いました。別にスポーツマンや戦士気取りでそう感じたのではありません。何もわからないからです。ぼくには全然わかりません，大切なものの本質が。あいつら［ドゴール派のこと］の美辞麗句にはうんざりです。大言壮語もうんざり，論争もうんざりだ。あいつらの美徳にいたってはまったく何もわかりません……

美徳とは，カルパントラスの図書館の司書にとどまってフランスの文化遺産を救うことです。飛行機で無防備に飛びまわることです。子どもたちに読み方を教えること，ただの大工として殺されるのを受け入れることです。かれらこそ祖国です……ぼくは違う。ぼくは祖国から生まれた者です。

祖国がかわいそうだ。……

X夫人への手紙（1944年7月30日）

『戦時の記録』所収

2 すばらしき ヒコーキ野郎たち

サン＝テグジュペリは『人間の大地』の第2章『僚友たち』の中で，メルモーズとギヨメに賛辞を捧げている。『戦う操縦士』では，第二次大戦初期にオルコントで知り合った友ジャン・イスラエルを称賛している。彼にとって友情は，あらゆる情愛の中でもっとも高い位置を占めていた。

「旧友はおいそれとは作れない」

サン＝テグジュペリとメルモーズはともに早く父を亡くし，女性の多い環境の中で成長した。だが共通点といえばそれだけで，出身階層も違えば，一方は「クマ」，他方は「大天使」と呼ばれたように体つきも異なり，政治的見解も対立した。だが大空で生まれた2人の友情は相互の敬愛の念にもとづき，けっして揺るぐことはなかった。

メルモーズを含む数人の僚友たちが，カサブランカからダカールまで，不帰順のサハラを越えてフランスの航空路線を築いた。

ラテ28機の前のギヨメとサン＝テグジュペリ（1930年、アルゼンチン）

……アメリカ路線開設のさいは，つねに前衛のメルモーズに白羽の矢が立ち，ブエノス・アイレスからサンチャゴまでの区間を研究して，以前サハラに橋をかけたように，アンデス上空に橋をかけるという仕事が任された。……アンデスが十分調査され，山越えの技術が開発されると，メルモーズはこの区間を仲間のギヨメにゆだね，夜の冒険に乗りだした。……夜を十分手なずけると，メルモーズは大西洋横断を試みた。……

こうしてメルモーズは砂漠を，山を，夜を，そして海を切り開いた。彼が戻ってくるのは，いつも再出発のためだった。そして，12年働いたあとで，もう一度南大西洋上空を飛んでいるとき，右後部エンジンを切るという短いメッセージを送ってよこしたのだ。そのあとは沈黙だった。……メルモーズはみずからの業績の後ろに姿を隠した。ちょうど刈入れを終えた農夫が，麦をしっかり束ねたあとで畑に横たわるように。

『人間の大地』

「赤い鼻」

『戦う操縦士』はジャン・イスラエルを称えたためにヴィシー政府当局から発禁処分にあった。

隊長の気遣いはイスラエルを思い出させる。一昨日，わたしは情報室の窓辺でタバコをふかしていた。ふと見るとイスラエルが足早に歩いている。鼻が赤かった。いかにもユダヤ人らしい大きな真っ赤な鼻。わたしはそのとき急にイスラエルが赤い鼻をしていることに気づいて驚いた。

イスラエル，その鼻をまじまじと見つめてしまったこの男に，わたしは深い友情を抱いていた。彼は部隊の飛行士仲間のなかでもとくに勇敢な男だった。とくに勇敢で，とくに謙虚だった。ユダヤ的慎重さについてさんざん聞かされてきた彼は，自分の勇敢さまで慎重さだと思い込んでいたに違いない。勝者であることに慎重なのだ。

『戦う操縦士』

「銃撃サル。機体炎上。S.O.S.S.O.……」

1940年11月27日，ギヨメが地中海上空で撃墜された。新任のシリア高等弁務官ジャン・シアップを任地に送り届ける途中だった。サン＝テグジュペリにとってギヨメはつねに「スペインの鍵を開けるすべを知っている男」であり，起こりうる危険への対処法を教えることのできる唯一の男だった。

ギヨメが死にました。今晩ぼくはもう一人も友達がいなくなってしまったような気がします。

彼がかわいそうだとは思いません。死んだ人をかわいそうに思ったことは一度もありません。でも彼がいないこと，それを体得するにはものすごく長い時間がかかるでしょう。その辛さを思うと今から押しつぶされそうです。きっと何ヶ月も何ヶ月も続くのでしょう。……かつてブレゲー14が大活躍した頃，コレ，レーヌ，ラサール，ボールギャール，メルモーズ，エティエンヌ，シモン，レクリヴァン，ヴィル，ヴェルネイユ，リゲル，ピショドゥ，そしてギヨメ，カサブランカ＝ダカール路線を通った連中はみな死んでしまいました。ぼくはひとり地上に取り残され，誰とも思い出をわかちあえません。歯抜けの老人になったひとりぼっちのぼくが，もぐもぐ思い出を反芻しているのが目に見えるようです。それに南アメリカからも一人も，ただの一人も……

この世にはもう「覚えてるかい」と言える仲間はただの一人もいないのです。砂漠の仲間も完璧にいなくなりました。ぼくの一生で一番燃えていた８年間に関わった人で，生きているのはリュカとデュブルディウだけです。しかもリュカは行政官にすぎず，路線にやってきたのも遅かったし，デュブルディウは一度もトゥールーズを離れなかったので，いっしょに暮らしたことはなかったのです。

こういうことは，もっとずっと年を取って，道々友だちという友だちをすべて振り落としてきた人にしか起こらないものだと思っていました。

X夫人への手紙（1940年12月１日）

『戦時の記録』所収

3 パリのサン＝テグジュペリ

サン＝テグジュペリは，兵役や郵便業務などの大きな仕事が終わるたびにパリに戻り，短期間そこに滞在した。兵役義務から解放されたときはセーヌ左岸の文壇に紹介され，学校時代の友だちとも交流を再開した。1931年から39年にかけては，特派員の仕事や長距離耐久レースの合間を縫って，ジッド，ジャンソン，ファルグ，ブクレール，マルローといったパリの知識人たちと親しく交わった。

「てっぺんからつま先まで名家の御曹司」

詩人レオン＝ポール・ファルグ（1867～1947）はマラルメの弟子であり，つねづね詩人には「孤独になる権利」が必要だと主張していた。才気あふれる筆で古きパリの社交界や芸術家や職人たちを描いたが，なかでもサン＝テグジュペリの追想には特別の思い入れがこもっている。

サン＝テックスは驚いたような目つきと，驚いたような鼻と，驚いたような顔をしていたが，それでもその明るく健康的な顔からは，あるときは宗教家，あるときは科学者のような真剣な雰囲気が漂ってきた。わたしたちはすぐ友だちになったといってよ

サン＝テグジュペリ宛ての手紙の封筒。スタンプに「飛行は最高の職業なり」とある。

⇧『人間の大地』と『夜間飛行』を読んだベルギー王からの手紙の封筒。1939年 7 月21日。宛名は「アントワーヌ・ド・サン＝テグジュペリ伯爵殿」となっている。

いだろうか。問題やチーズにとりかかるときの彼のやり方は独特で，わたしの流儀にかなっていた。単刀直入で，巧妙で，そのくせどことなく現実離れしてぞんざいなのだ。彼は饒舌で陽気だったが……突如として注意深くもなった。……

サン＝テックスはてっぺんからつま先まで名家の御曹司，お殿様で，冒険や任務，大胆さや冷静さがそうした風情をいっそう引き立てていた。彼の冒険談をきくと初めはとまどうが，最後には心から驚いてしまう。それほど彼の話は感動的で品位にみちていた。

彼はランボーのように短い一生を送ったが，騎士として，またロマンチストとしておくったその短い生涯で，隕石のようにパリの生活を通りすぎ，そのすべてを知った。宮廷画家ランクレの東方趣味や高級レストランから，えんじ色のレザークロスの長椅子が置かれた並みのブラスリーまで。シャナレイユ通りに住んでいた頃，彼はときどき友だちをもてなすために，エジプトから連れてきた下男をその店につかわして，大量のミュンステール［チーズの名称］を買ってこさせたものだ。ヴァンドームあたりの品の良いバーも知っていたし，メクネス［モロッコの地名］やビャグアロの危ない飲み屋も知っていた。大臣の執務室に入って任務報告をしたり，パリの大新聞社に出向いてポール＝ルイ・クリエ風の簡潔な口調で飛行の印象を語ったりしたが，そういう場所の儀礼的な空虚さも知っていた［クリエは王政復古を批判した文筆家］。10年におよぶ彼との交流のうち，まともなアパルトマン，つまり家賃を払ってときどきはソファや保険証書のことを顧みる，我が家と呼べるような場所で彼を見たのは，たしか3回くらいしかなかったと思う。わたしたちが落ち合って長い時間をすごしたのはホテル，しかも夜，あるいは夜明け，そして駅だった。疲労困憊するまでつきあわされ，空港のようにあわただしいクーポールの前や，ホテル・リュテシアのロビーでようやく別れた夜明けが何度あっただろう。また彼を待ってぴりぴりしながらすごした夜が何度あっただろう。だがそれは必ずしも遅刻のせいではなく，彼がフロリャノポリス［ブラジルの都市名］やキレナイカ［リビアの地名］にいることは分かっているのだが，ラジオをきいても彼の飛行機のエンジンが動いているのか止まっているのか，さっぱり見当がつかないからだった。

⇧サン＝ラザール駅に着いたサン＝テグジュペリ。1938年5月。

偉大なサン＝テックス。彼に不可能なことは何もなかった。その微笑みを一度でも見たことのある者は，みな心に癒しがたい傷を負っている。なぜならあのように微笑む男はどこにもいないから。それは確信の笑みではなく，彼の作品がコンラッドやキプリングを思わせるといわれたからでもなかった。豊かで深い文章が話題になっていたからでもなければ，意見が重んじられたからでもなく，立派な家名をもっていたからでも，彼のような男が持ちたいと願うような気高い心の仲間をたくさん持っていたからでもなかった。それは単に彼が魅力的だったからであり，その高貴な心の奥に皆にとっての宝をもっていたからだった。

レオン＝ポール・ファルグ
『サン＝テグジュペリの思い出』

内気なサン＝テグジュペリ

ジャーナリストであり，映画のせりふも書けば，政治的なチラシやパンフレットも書いたアンリ・ジャンソンは，サン＝ジェルマン＝デ＝プレのカフェにたむろする陽気な仲間のひとりだった。

子どものような笑顔と無邪気なまなざしをもったこの大胆な飛行士は，もう一度言うがひどく内気で，テーブルではいつも同じ顔ぶれといっしょにいるのが好きだった。すすんで人と知り合いになる方ではなかったが，それでもわたしは彼にいろいろな人を紹介した。ガルティエ＝ボワシエール［急進左派の出版元］，ジュヴェ［俳優］，ジャン・ルノワール（良き時代の，本物のルノワール。なぜなら巷には偽のルノワールがあふれているから），ガストン・ベルジュリ［政治家］，ジョルジュ・オリック［作曲家］，ロベール・デスノス［詩人］，ユキ［ロベール・デスノスの妻］など。ときにはなかなか調子が出ず，舌が回り始めるのに時間がかかることもあった。取るに足らぬ者には心の内を見せなかった。彼には特別な雰囲気が必要だった。本心を隠すためにトランプ手品をやり，安心できないときは，心が席を離れてどこかへ行ってしまうのだった。ただし礼儀のため，体裁をつくろうために体だけはそこに置いておく。そしてめんどうな連中がいなくなってから，それを取りに戻ってくるのだ。だがたいていの場合，麻痺状態を脱するのに大して時間はかからず，まもなく目を輝かせて歌い始めるのだった。わたしたちがそらで覚えてしまったその歌というのはこうだ。「侯爵夫人の大きなベッドに，80人のわれら狩人」

マラルメの詩をスイス訛りで朗読し，砂漠の千夜一夜物語ともいうべき体験談を聞かせてくれた。見事な語り手だったが，その声はくぐもり，まるで自分自身にうち明け話をしているようだった。芝居がかったところはなかった。それがどれほど効果をあげていたか，彼自身も知らなかっただろう。淡々としたその語りは真実すばらしかった。風景が，人物が生き生きと動きだし，まるでそこに居合わせているような気がしたものだ。寒い場面では本当に寒くなってくるし，暑い場面ではひたいの汗をぬぐい，猛烈に喉が渇いてくる。そしていつも誰かがそっと窓を開けに立つのだった。

アンリ・ジャンソン『70年の青春』

「サン＝テックスが夜明けまでおとぎ話をきかせてくれたとき」

1929年 4 月，サン＝テグジュペリは『南方郵便機』の原稿をもって，すでに作家として地位を確立していたアンドレ・ブクレール宅を訪れた。ブクレールは

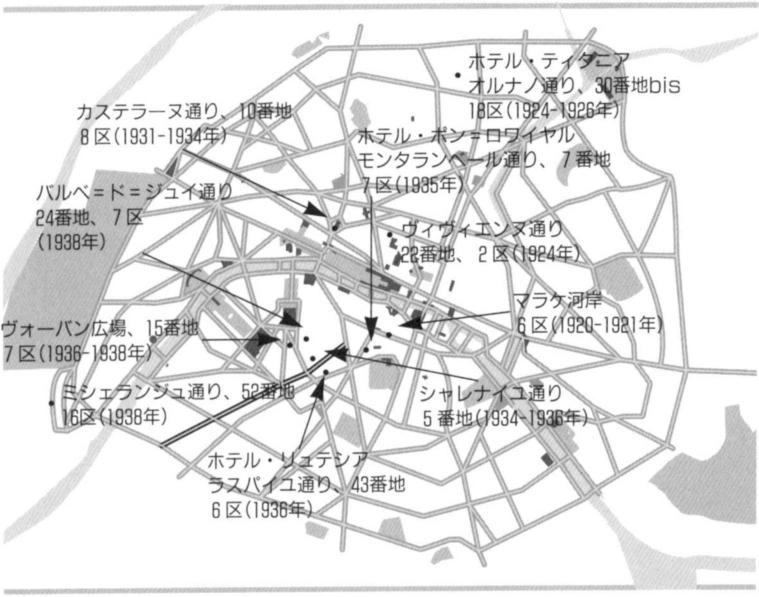

⇧サン＝テグジュペリのさまざまな住所を示すパリの地図。

内気な若い著者に好感をもち，快く序文の執筆を引き受けた。

サン＝テックスはどこもかしこも円かったが，ときには四角四面に夢の世界をさまよっていることもあり，どこも太ってはいなかったが，内気なわりにはずいぶん大ざっぱだった。作家としての資質を試す第一作目の小説をかかえ，わたしと知り合うためにやってきたが，帰りを待つほどの勇気はなかった。共通の友人からわたしの住所を教えてもらったのだ。だが会えなかったので，自分の住所を残していった。2日後，わたしたちはもう昔なじみの友達のように親しくなっていた。……

そう，わたしにとっては大事な瞬間だった。わたしは心の中でつぶやいた。「そうだ，こんな男が書きたかったんだ」。ヴァグラム通りのカフェのテラスに腰かけているサン＝テックスの姿が目に浮かぶ。彼はグラスをもつように自分の運命を手中におさめているように見えた。自分で運命を創出し，光の中でそれを維持し，自分自身を統べているように見えた。といってもそれで手一杯だったわけではない。何をするにも（駄洒落ひとつにしても）わざとらしさはみじんもなく，ひたすら誠実な男であろうとしていた。……

そのとき，サン＝テックスが物語をかたりはじめた。そらで覚えていたのだ。おとぎ話だった。とてもきれいで，とてもやさしく，とても心の和らぐ話だった。隣のテーブルの人々もひそかに耳を傾けていた。みんなすっかり心を奪われていた。やがて語り手が沈黙した。しばらくは誰も何も言わなかった。すばらしい映画を見終わったときのような気持ちだったのだ。だがとうとうファルグがつぶやいた。「1億個の星のひとつがぼくのグラスに落ちてきた……」。その日わたしたちは空が白みはじめるまでいっしょにいた。

ブクレール
『ル・フィガロ・リテレール』の記事
（1949年7月30日）

パリの放浪者

1919年から1939年までの間に，サン＝テグジュペリはパリで通算13年暮らしたが，その間に10回も住所を変えた。財政難に苦しんだ1935年には，差し押さえられた家財道具を守ってくれるよう管理人に頼んだが謝礼が払えず，代わりにコンスエロのペキニーズ犬ユーティを預けたこともある。ブルジョワ風快適さなどは意に介しなかった。根っからの放浪者だったが，心の奥にはいつも子ども時代の家——生涯最良の日々をすごし，のちに売却されてしまったサン＝モーリスの家——の思い出があった。愛する場所との別離に苦しまなくてすむように，彼は頻繁に住処を変え，そこに愛着を感じることはなかった。「なぜならわたしは何よりもまず住む者だから」。

4「砂漠ってちょっとさびしいね……」

サン＝テグジュペリはいつも静寂に惹きつけられた。静寂の中にいると思想が形をなしてくる。キャップ・ジュビーの生活は彼の人生で最大の転機となった。この地ではじめて彼は孤独と広大な空間を手なずけ，うつろう時について瞑想に耽ったのだ。

⇧ギヨメ宛の手紙に描かれた挿絵。

「それでもわたしたちは砂漠を愛した」

サン＝テグジュペリは，砂漠を知るには遊牧民のようなやり方をしなければならないということに気がついた。

はじめのうち砂漠には空虚と静寂しかないが，それは砂漠がゆきずりの恋人に身をまかせないからだ。わが国のふつうの村だってそれは嫌がるだろう。その村のために他の世界をすべてあきらめ，その村のしきたりや風習や敵対関係に入り込まなければ，ある人々にとってふるさとであるその村のことは少しもわからない。……

砂漠にははじめ人影もない。だがそのうち，盗賊の接近を恐れて，かれらが身を隠している大きな砂のマントのひだを読む日がやってくる。盗賊も砂漠を変貌させるのだ。

わたしたちがゲームの規則を受け入れると，ゲームは自分に似せてわたしたちを形づくる。サハラはわたしたちの内部でこそ真の姿を見せてくれる。サハラと近づきになるとは，オアシスを訪れることではない。泉から宗教をつくることなのだ。

『人間の大地』

「はじめて訪れたときから，わたしは砂漠の味わいを知った」

サン＝テグジュペリは砂漠で一夜を明かして，その魔術を理解した。

砂漠では時の移ろいが肌身に感じられる。灼熱の太陽の下，人は夕暮れに向かって歩いてゆく。手足を浸し，全身の汗を洗い流してくれるあの涼風に向かって歩いてゆく。灼熱の太陽の下，獣も人も，死に向かうのと同じくらい確実に，あの大きな水飲み場に向かって進んでゆく。だから，無為もけっしてむなしくはない。そしてその日一日が，海にいたる道のように美しく見える。

……

……灼熱の昼間は夜に向かって歩き，ひえびえとした裸の星々の下では灼熱の昼をねがう。北国は幸いだ。移りかわる季節が，夏には雪の伝承を，冬には太陽の伝承をつくってくれる。熱帯はつまらない。蒸し風呂の中では何も変わらない。だがサハラもまた幸いだ。昼と夜が，こちらの願いからあちらの願いへと，かくも単純に人々を揺すってくれる。

『人間の大地』

⇩「これはぼくにとって，この世でいちばん美しくていちばん悲しいながめです」(『星の王子さま』)

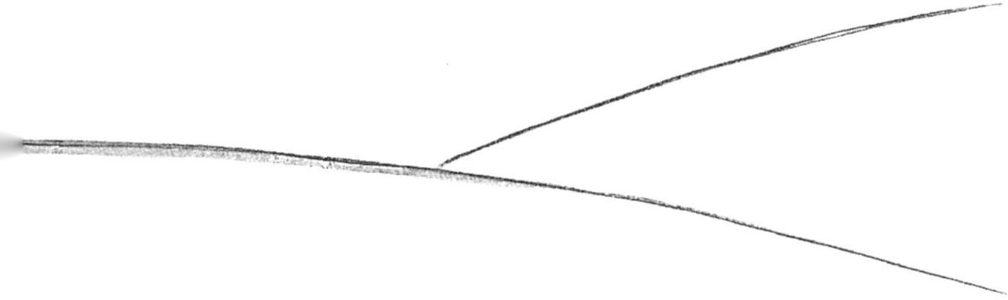

「彼は砂漠で何を学んだのだろうか」

サン＝テグジュペリは砂漠で精神的・肉体的な別離を経験することによって別人になった。

まず親しい人々との別れがあった。故郷からも祖国からも遠く離れなければならなかった。追放されると祖国の土とのきずながより強く感じられるものだ。それから人生を快適にするものすべて，つまり多くの人々にとって人生そのものを意味する物質的財産を，承知の上であきらめた。砂漠を前にしてたったひとりで夢想にふけり，星を見つめ，心の中の音楽に耳を傾けた。その音楽はおりおり我々自身の奥深いところで歌い出し，夢想のうちに我を忘れさせてくれる。そして何より仲間が，部下が，ムーア人たちがいた。

ディディエ・ドーラ

『わたしが知っていたサン＝テグジュペリ』

静寂の音

サン＝テグジュペリに何より大きな影響をあたえたのは静寂だった。

たしかにサハラは見わたすかぎりどこも同じように砂ばかりだ。といっても砂丘はわずかなのだから，砂礫の原といった方が正しいが。そこに人は常時ひたっている。その条件は退屈そのものだ。だがそれにもかかわらず，見えない神々の手によって，サハラにはさまざまな方向や傾斜やしるしが網の目のように張りめぐらされ，筋肉組織がひそかに息づいている。もはやどこも同じではない。すべては方向づけられている。静寂さえ互いに相似てはいない。

平和の静寂というものがある。部族が和解したとき，夜が再び涼しさをもたらし，人々が帆をたたんで静かな港に憩っているように思えるときだ。真昼の静寂というものがある。太陽が頭と体の動きを中断させているときだ。偽りの静寂というものがある。北風が弱まり，内陸のオアシスから花粉のように昆虫が吹き飛ばされてきて，東からやってくる砂嵐を予告しているときだ。不気味な静寂というものがある。遠くの部族から不穏な動きが伝わってくるときだ。謎めいた静寂というものがある。アラブ人の間で密談が成立するときだ。張りつめた静寂というものがある。使者がなかなか帰ってこないときだ。そして鋭い静寂は，夜，息を殺して耳を澄ますとき。愁いにみちた静寂は，愛する人を思い出すときだ。

『ある人質への手紙』

5 レオン・ウェルトとの友情

サン＝テグジュペリは1932年の5，6月頃，レオン・ウェルトと知り合った。レオン・ウェルトはサン＝テグジュペリより23歳年上で，父のような存在であるとともに親友でもあり，サン＝テグジュペリのうち明け話をきいたり，著書を丁寧に読んで意見を述べたりしながら，最後まで文通を絶やさなかった。『星の王子さま』はレオン・ウェルトに捧げられている。

⇧『ある人質への手紙』の挿絵（アンドレ・デュノワイエ・ド・スゴンザック作）

レオン・ウェルトへの手紙

アントワーヌはレオン・ウェルト宛の手紙に，そのときの気分によって「サン＝テグジュペリ」，「サン＝テックス」，「トニオ」などと署名した。

ランにて，1940年2月

レオン・ウェルト様，

……わたしは限りなくあなたを必要としています。なぜならまず，あなたは友だちの中で一番好きな方，だからですし，つぎにあなたはわたしのモラルだからです。物事のとらえ方もだいたい同じだと思いますし，教えられることが多いのです。あなたとはよく長い議論をしますが，別にひいきしているのではなく，たいていはあなたが正しいと思います。でも，あなたといっしょにソーヌ川の岸辺でソーセージや田舎パンをかじりながら，ペルノーを一杯やるのも好きです。なぜだかわかりませんが，あなたと過ごしたあのひとときがあまりにも満ち足りていたものですから。でもこんなこと言わなくてもあなたの方がよくご存じだ。わたしは本当に満足でしたし，できればもう一度あんなことがあればいいと思っています。

『戦時の記録』所収

「忘れられていた偉大な作家」

ドイツ軍占領時代，サン＝テックスことサ

ン＝テグジュペリ，あるいはトニオが身の上を案じていた人は，黄色い星をつけていた。レオン・ウェルト。わたしは以前彼をよく知っていた。アンリ・ファーブルの『人民新聞』で知り合ったのだ。レオン・ウェルトは無政府主義者で，平和主義者で，反軍国主義者で，ヴラマンク［画家］と親しく，ミルボー［小説家，劇作家］とセヴリーヌ［女性ジャーナリスト］の友だちで，傾聴すべき美術評論家で，14年の大戦に関して『兵士クラヴェル』というたいへん美しい本を書いていた。貧乏だが卑下せず機嫌よくそれを受け入れ，親切で物惜しみしない彼の唯一の財産といえば，これまたいつも金に困っているサン＝テックスの友情だけだった。『ある人質への手紙』，この美しく思いやりに満ち，憎しみの不在ゆえに反ドゴール主義である本をサン＝テックスが書いたのは，ゲシュタポに追われる23歳年上のユダヤ人，レオン・ウェルトのためだった。『星の王子さま』もやはり彼に捧げられている。おかげでウェルトの名は後世に残ることになった。もしかしたらいつか誰かが，サン＝テックスがこれほど重んじているウェルトとは何者なのかと疑問をいだき，それがきっかけで忘れられていた偉大な作家が再発見されることになるかもしれない。彼は横顔の尖った小柄な人で，鼻眼鏡をかけていた。少しも気難しいところはなく，他人の絵や他人の文章のために生き，パイプを燻らせながらえんえんと哲学を論じるような人だった。

アンリ・ジャンソン『70年の青春』

⇧レオン・ウェルト（1935年）

「星々の中に」

レオン・ウェルトは1948年に出版した本の中で，サン＝テグジュペリの生涯をたどり，その中の一章で，私生活でも公的な場にいるときとあまり変わらなかった親友トニオのことを語っている。

彼が偉大だったとか，天才的だったとか，誰よりも純粋な男だったとか，そんなことがわたしにとって何だろう。彼のことでわたしが知りたいのは二人の友情だけだ。しかもそれに関係のなかった人々がこの友情をどうしようというのか。

わたしが沈黙を破るのは，これまで描かれてきた彼の肖像が画一的で，本人と少しも似ていないからだ。たしかに彼はメルモーズとギヨメの僚友だった。たしかに彼は航空術を一種の詩にした。たしかに彼は大天使であり，天と地をむすぶ星々の中にいた。そしてあの夜，空で迷子になり，どれが地上の光なのかわからなくなって，地球に帰る道を見失い，他の惑星のどれかを選んでしまったのだ。たしかに彼の英雄的な伝説は無傷だ。彼は伝説と同じくらい偉大だった。これは驚異だ。しかも伝説をしのいだことさえあったのをわたしは知っている。……

彼はじつにさまざまな体系に関心をもち，自分でも体系をつくりだして自分や友達のために用立てていた。多くは夜ふけに。哲学者が身近に感じられる時間になると，どんな芸術も学問もつまるところは言葉でしかない，言葉がすべてなのだといって悦に入っていたものだ。……

サン＝テグジュペリの友情は心遣いを知らなかった。ここで心遣いといっているのは，友だちが隠しているけれども実はうち明けたいと思っている苦しみに気づかないでいることだ。これ以上は言うまい。いま問題にしているのはわたしではなく，彼なのだから。それにわたしにはどうしようもない。相手あっての友情だからだ。それにドイツ軍占領時代，彼が大西洋の向こうからわたしに向かって大声で友情を叫んだのは，つねに変わらぬ気持ちを伝えるために，それを公にするより他に方法がなかったからなのだ。

レオン・ウェルト
『わたしが知っていた
サン＝テグジュペリ』

6 発明家
サン＝テグジュペリ

好奇心旺盛で創意に富んでいたサン＝テグジュペリは，数学の問題で友人たちを悩ませるのが好きだった。1934年以降，彼は航空術にかんして14の特許を登録し，フランスでもアメリカでも，著名な研究者達と数度にわたって話し合った。

『ファラオの問題』（限定版）

「ファラオの問題」

サン＝テグジュペリは1935年のエジプト滞在中にピラミッドを訪れ，次に述べる「ファラオの問題」を思いついてその年に原稿を書いた。発表するつもりはなかったが，1957年，リエージュのピエール・アルベール社が51冊の限定本として出版した。

あるファラオが，切石を積み上げて直方体の大きな記念碑を建てることにした。切石はすべて一辺10cmの立方体で，直方体の高さは底面の対角線の長さにひとしいものとする。

ファラオは何人かの高官に命じて，記念碑の建立に必要な切石をそれぞれ同じ数だけ集めさせた。そのあとファラオは死んだ。

現代の考古学者は，それらの切石置場のうちただ一つしか発見できなかった。そこには348,960,150個の切石が集められていた。

置場の総数が，ある秘儀的な理由から素数であることは知られていたが，他の置場については何もわからなかった。

それでも切石置場が発見されたことによって，予定されていた記念碑の大きさが正確に計算でき，可能な答がひとつしかないことが示された。

きみもやってみたまえ。

注A）この問題は数の試行錯誤を一切必要としないので，唯一の面倒な計算に労力を

使わなくてすむように348,960,150の素因数分解を示しておく。すなわち，

$$2\cdot 3^5\cdot 5^2\cdot 7\cdot 11\cdot 373$$

注B）面倒な計算をして経験的に答を割り出しても意味はない。

問題の解法

下に25－19＝7という等式が出てくるが，これはもちろん間違い（故意にか無意識にかは不明だが）。正しくは25－18＝7である。

Ⅰ．a，b，cを整数として等式$a^2+b^2=c^2$が成り立つための必要十分条件は，a，b，cがつぎの形に書けることである。

$$a=2pmn$$
$$b=p(m^2-n^2)$$
$$c=p(m^2+n^2)$$

［この定理はサン＝テグジュペリにより前もって明らかにされている。p，m，nは整数。mとnは偶数と奇数のくみあわせで，互いに素であることが知られる。］

Ⅱ．次のことがわかっている。

$abc=348{,}960{,}150\times x$ （1）$=kx$

$a^2+b^2=c^2$ （2）

a，bは整数（3）

xは素数　（4）

Ⅲ．したがって

$$abc=2p^3mn(m^2-n^2)(m^2+n^2)$$
$$=kx$$

これからただちに$x=2$がわかる（xは素数だから）。

Ⅳ．したがって

$$k=p^3mn(m+n)(m-n)(m^2+n^2)$$

となるが，$k=348{,}960{,}150$

$=2\cdot 3^5\cdot 5^2\cdot 7\cdot 11\cdot 373$であることがわかっているから，両者をくらべると，$p^3$の値は$3^3$しかありえない。そこでつぎの表が得られる。

$3^2\cdot 5^2\cdot 7\cdot 11\cdot 373$	18	25	7	11	373
	9	50	7	11	373
	9	25	14	11	373
	9	25	7	22	373
	9	25	7	11	746

m，n，m＋n，m－nの値を見いださなければならないが，それはつぎの場合しかありえない。11＋7＝18，25－19＝7（上の第1行目）

結局$p=3$，$m=18(=2\cdot 3^2)$，$n=7$となる。

ゆえに　$m+n=25$,

$m-n=11$,

$m^2+n^2=373$

Ⅴ．そこで最終的に

$a=6\cdot 18\cdot 7=75.6$メートル

$b=3(18^2-7^2)=82.5$メートル

$c=3(18^2+7^2)=111.9$メートル

帆付自転車から特許へ

国立特許局に登録されたサン＝テグジュペリの発明は，少なくともフランスでは，ひとつも工業的に利用されなかった。だが彼が予示したものはすべてアメリカの航空装置に見いだされる。

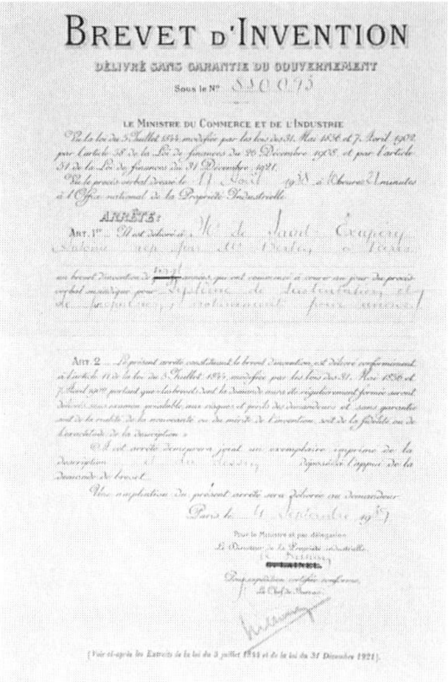
BREVET D'INVENTION

DÉLIVRÉ SANS GARANTIE DU GOUVERNEMENT

Sous le N°

LE MINISTRE DU COMMERCE ET DE L'INDUSTRIE

Vu la loi du 5 Juillet 1844 modifiée par les lois des 31 Mai 1856 et 7 Avril 1902, par l'article 58 de la Loi de finances du 26 Décembre 1908, et par l'article 31 de la Loi de finances du 31 Décembre 1921.

Vu le procès verbal dressé le … à l'Office national de la Propriété Industrielle.

ARRÊTE:

Art. 1er — Il est délivré à …

un brevet d'invention de … années, qui ont commencé à courir au jour du procès verbal susindiqué pour …

Art. 2 — Le présent arrêté constituant le brevet d'invention est délivré conformément à l'article 11 de la loi du 5 Juillet 1844, modifiée par les lois des 31 Mai 1856 et 7 Avril 1902 portant que les brevets dont la demande aura été régulièrement formée seront délivrés sans examen préalable aux risques et périls des demandeurs et sans garantie soit de la réalité de la nouveauté ou du mérite de l'invention, soit de la fidélité ou de l'exactitude de la description.

Il est arrêté demeurera joint un exemplaire imprimé de la description et des dessins déposés à l'appui de la demande de brevet.

Une ampliation du présent arrêté sera délivrée au demandeur.

Paris le …

Pour le Ministre et par délégation

Le Directeur de la Propriété industrielle

Pour ampliation certifiée conforme,

Le Chef de Bureau.

(Voir ci-après les Extraits de la loi du 5 juillet 1844 et de la loi du 31 Décembre 1921).

サン＝テグジュペリの特許状

7「神にむかって歩きつづける我ら、永遠の放浪者」

サン＝テグジュペリはカトリック的な環境の中で育てられた。成長するにしたがって教義には疑問を抱くようになったが、内的にはきわめて高い精神性を保っていた。宗教の人為的な部分からは遠ざかったが、聖なるものに対する感覚は失わなかった。砂漠や操縦席で孤独な時間を過ごすうち、どこかにいるとは思いながらも出会ったことのない神について考えを巡らすようになった。

神へのノスタルジー

ぼくに信仰がもてないなんて本当にふしぎです。神は希望をもたずに愛するものです。それならぼくにぴったりのはずなのに。ソレームの大修道院とグレゴリオ聖歌［注1］。

単旋律の聖歌《プラン・シャン》、大海原《プレーヌ・メール》［注2］。そんなことをよく考えたものです。リヨンを発つ前、一度フルヴィエールの丘［注3］に登りました。日曜の午後で、夕べの祈り（？）の時間でした。冷え冷えとしていました。教会はがらんとして、人がいたのは内陣だけでした［注4］。あのときぼくは本当に船の中に

サン＝テグジュペリの手

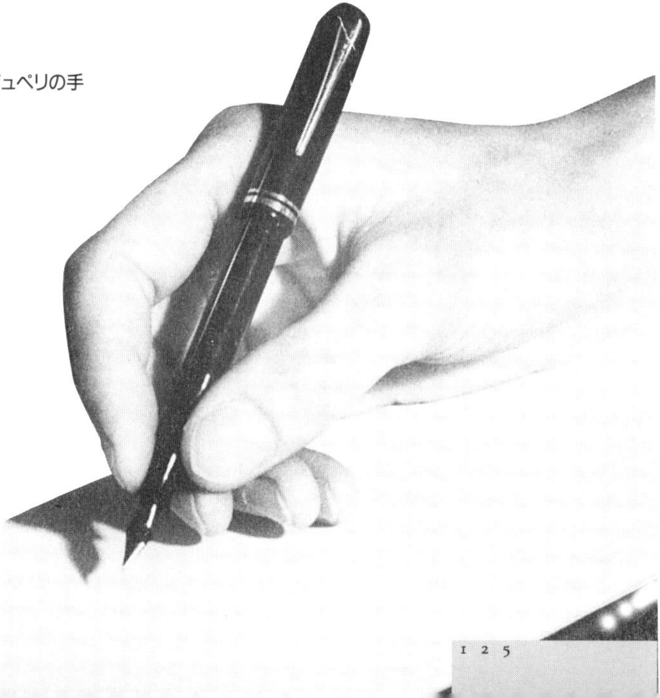

いるようでした。内陣にいるのが船員で、ぼくは乗客。といっても不法な乗客ですが。ぼくはまるでこっそりと船にもぐり込んだ密航者のような気がしました。そして、そうです、感動しました。感動した理由はごくあたりまえのことでしたが、それをつかまえようとすると手をすりぬけていってしまいます。

［注1］ソレームの大修道院はル・マンと同じ県にある。19世紀にグレゴリオ聖歌を復活させた。グレゴリオ聖歌はラテン語で斉唱する単旋律の聖歌。

［注2］プラン・シャンの語源はラテン語プラーヌス・カントゥス（斉唱の意）。広義にはグレゴリオ聖歌を含む。

［注3］リヨン市を見下ろす丘。ノートルダム大聖堂がある。

［注4］内陣は聖職者専用の場所。そこで修道士たちが夕べの聖歌を斉唱していたと思われる。

『X夫人への手紙、1943年』
『戦時の記録』所収

「わたしにはわかっている。おまえには泉ではなく、神について話すべきだったのだ」

だからわたしは、おまえに神を教えたいと思うときは、まず険しい山々を登らせよう。そうすれば星を戴く山頂がたっぷりとおまえを試すだろう。次におまえを砂漠に送り、死ぬほどの渇きをおぼえさせよう。そうすれば泉が抗いがたい力でおまえを魅惑するだろう。それから6ヶ月間、おまえに石を割らせよう。そうすれば真昼の太陽がおまえを焼きつくすだろう。そのあと、おまえにこう言おう。「星を戴く山頂をきわめ、真昼の太陽を飲み干した者は、真昼の牢獄の中でこそ、静寂から神の泉を飲むことができる」

そのときおまえは神を信じるだろう。

そのときおまえは神を否定しないだろう。なぜなら神はただあるだろうから。ちょうど、わたしが額に愁いを刻んだとして、その愁いが額にあるように。

言葉や行為があるのではなく、同じ神の二つの側面があるのだ。

だからわたしは労苦を祈りといい、瞑想を耕作といっている。

『城砦』

L'Esprit de la Terre

⇧『地球の精神』——サン＝テグジュペリの失跡後、旅行鞄の中に『地球の精神』という文章が発見されたが、これはピエール・テイヤール・ド・シャルダン（神父で古人類学者）が書いたものだった。

人間と神

幾世紀もの間、わたしの文明は人間をとおして神をみつめてきた。人間は神の似姿として創造された。人間のうちにある神が尊ばれた。人間は神において同胞だった。このように神の姿を映していることが、それぞれの人間に犯しがたい尊厳をあたえていた。人間と神の結びつきを自明の根拠として、自分や周囲に対して果たすべき義務が定められた。

わたしの文明はキリスト教の価値観をうけついでいる。大聖堂の造りについて考えてみればその構造がよりよく理解できるだろう。……

神から受けついだわたしの文明は、人間どうしを「人間」において平等にした。

『戦う操縦士』

「心は祈りに用いられる」

わたしは神が沈黙しているおかげで愛の実践となる祈りについておまえに語った。もしおまえがすでに神を見いだしていたなら、それ以降、完成した者として、神のうちにおまえを打ち樹てるはずである。どうして成りおえるために成長をつづけることがあろう。さて、三重の城壁の中にいるように驕りに閉じこもり、救いようのない女の上にかがみ込んだとき、男は絶望的な気持ちで人間の運命を憐れんだ。彼は言った。「主よ、わたしにはわかるのです。わたしは涙を待っています。それは雨のように嵐の災禍をやわらげ、驕りをゆるめ、赦しを可能にします。どうかあの女が心をほどき、涙を流しますように。そうすればわたしは赦します。けれども彼女は野獣のように、あなたの創造の不正に対して牙をむき、爪を立てて身を守ろうとします。偽らずにはいられないのです」

そして彼は、女がそれほどまでに怯えていることを憐れんだ。彼は人間たちのことで神に話しかけた。「あなたがお創りになった牙や、棘や、爪や、毒や、尖った鱗や、茨は人間たちをすっかり怯えさせてしまいました。彼らが安心して戻ってくるには長い時間がかかるでしょう」。彼にはわかっていたのだ。あの嘘つきの女はあまりにも遠くひっこみ、あまりにも迷っていたので、戻ってくるには相当長く歩きつづけなければならないということが。

『城砦』

8「ちょっと滅入っています」

サン＝テグジュペリは快活な見かけの裏に不安を押し隠していた。どこへ行っても彼は帰らぬ日々を哀惜した。子ども時代への郷愁，退屈だった砂漠暮らしへの郷愁，危険な郵便飛行への郷愁，戦前のフランスへの郷愁……。もっと楽しく過ごすことを願っていた人生に対するこの倦怠感と憂愁は，とりわけ手紙の中に強く感じられる。

サン＝テグジュペリの詩集『さようなら』のタイトルページの絵

「ひどいものだ。事務所に戻ってきた。また一からやり直しです」

1924年，サン＝テグジュペリは勤め先のボワロン瓦製造会社で死ぬほど退屈していた。

まったく，今の生活にはうんざりです。2メートル四方の事務所であくびをし，窓から中庭に雨が降るのを眺めています。足し算もしているし，書類の整理も受け持っています。終われば安全な場所にしまい込まれて二度と見る者もいないのに。憂鬱な生活です。少しは思いがけないことに出会いたいので，ずっと宝くじを買っています。事務所も仕事も変えてしまいたい。ずっと前から同じことばかりやってるんだから。ぼくはこの世で一番げんなりした男です。ヴェルモ年鑑［この年鑑には暦や年中行事のほか，雑学的な知識が盛り込まれている］から愉快な話でも仕入れて教えてくれ。

ちくしょうめ。ぼくが檻の中で哀れなようすをしてるっていうのに，友達は誰も憐れんでくれない。今ちょうど11時4分前です。あと1時間4分たったら外出します。

1924年7月11日付
シャルル・サレスへの手紙
プレイヤード叢書

「ぼくは人好きのしないクマです」

ルネ・ド・ソシーヌ（愛称リネット）は1897年生まれ。アントワーメのサン・

ルイ高校の同級生，ベルトラン・ド・ソシーヌの姉である。彼女はヴァイオリンの名手で，国内外でコンサート活動を行った。長い間サン＝テグジュペリと文通をつづけ，1953年，彼からの手紙をまとめた『架空の恋人への手紙』を発表した（邦題『若き日の手紙』）。

リネット，夜，ぼくは別人になります。ベッドの中で目を開いていると，ときどき不安になる。明日は霧だといわれたのが気にくわない。ぼくは顔の骨なんか折りたくありません。世界の損失は大したことなくても，ぼくの方はすべてを失うのです。アリカンテには友達がいて，思い出があり，太陽がある。それがぼくにとってどれほどのものか考えてほしい。それに今日買ったアラビアの絨毯。あれのおかげで，今まで何ももたずに軽やかだったぼくの心が，所有者としての重みを知ったというのに。

リネット，ぼくの仲間に両手が焼けただれた男がいます。手が焼けただれるなんてぼくはいやだ。つくづく眺めると，いとおしい手です。書くこともできるし，靴のひもを結ぶこともできる。あなたは嫌いだけれどぼくを感動させるオペラを即興で演奏することもできます（そのために20年も練習してきたのです）。それにときには愛しい顔を包むことも。考えてみてほしい。

リネット，今晩ぼくは野ウサギのように怯えています。……夜は，何もかもが脆く感じられます。愛する人々，いま眠っている彼らとぼくを結びつけるきずなも。ベッドで夜を見張るとき，ぼくは病人の付添人より心配しています。すべての夜を見張るとき。宝物をうまく守ることができないのです。

1927年1月3日付

リネットへの手紙（カサブランカから）

プレイヤード叢書

「この国はますます愚かになっていくような気がします」

キャップ・ジュビーを訪れたことのある者はみな「ノイローゼ」という言葉を口にした。サン＝テグジュペリも例外ではなく，最初の数ヶ月の興奮がすぎると深い倦怠感に襲われた。

鉄道警備員みたいに辛抱強くサハラを監視するのはもうたくさんです。もしカサブランカとか，それよりは頻度は少ないけれどダカールに郵便物を運ぶのでなければ（といってもダカールはゴミ箱ですが），ノイローゼになってしまうでしょう。……

気難し屋になりつつあります。最初はムーア人に対して限りなく寛容でしたが，このごろは態度を硬化させています。あいつらは泥棒で，うそつきで，残忍な悪党どもです。雛鳥《プーレ》をひねり殺すように人を殺すくせに，自分たちの虱《プー》（しらみ）は地面に置いていくのです。ラクダ一頭，銃一丁，実弾10発もっているだけで，もう世界の支配者になった気でいる。愛想のいい顔でぼくに言うんです。もし１キロ離れた所で出会ったら八つ裂きにしてやるって。それでもぼくに「鳥たちの大将」なんてしゃれた名前をつけてくれましたけどね。

姉シモーヌへの手紙
『母への手紙』所収

「とても，とても，とても寂しい気分です」

1943年，アルジェリアで連合軍に合流したサン＝テグジュペリは，フランス人どうしの派閥争いがここでもアメリカと同様に行われていることを身をもって知った。年齢を理由に飛行を禁じられた彼は，国に尽くすことができないために絶望的な気持ちになっていた。

気持ちが通じないこと。これが今の時代で何よりぼくを傷つけます。早くみんなと手を切ってしまいたい。馬鹿どもめが。この惑星で俺はいったい何をすればいいんだ。俺が要らないというのか。そいつは都合がいい。こっちだってあいつらは要らなかったんだ。同時代人としての務めなんて喜んでやめてやる。俺の関心を惹くようなことをいう奴は一人としていやしない。俺が憎いんだろうか。とにかく疲れます。本当に休みたい。菜園で野菜の世話でもしたいです。でなければ死んでしまいたい。……

　ああ，それは違う。肉体的なものではないんです，この寂しさは。ぼくは社会不安が耐えられる人間ではありません。それなのにぼくの中はまるで貝殻のようにその物音でいっぱいだ。ぼくはひとりでは幸せになれません。アエロポスタル社。あれは歓びでした。いろいろありましたが，本当に偉大でした。こんな惨めな気持ちではもう生きていけません。もうできません。

1943年12月，X夫人への手紙
『戦時の記録』所収

図版中の文章の翻訳

P.21：

「ぼくは大きな帽子工場で生まれました。何日か乱暴に扱われ，切られ，のばされ，みがかれました。そしてとうとうある晩，仲間といっしょにパリで一番大きな帽子屋に送られました」

P.27：

《いたずらっこ》

「あーあ，お人形さんのせんたくもの，これじゃあちっともきれいにならないわ。でも，せっけんもないし。どうしましょう……」

「びっくりするじゃないの。ママかとおもったわ」

「ママじゃないわ，あたしよ。でもママにいってやるわ，あんたのへやが水だらけだって。そしたらしかられるでしょうね，いいきみだわ」

「おねがい，ママにいわないで。おこられちゃう。こないだのあんたみたいにデザートがもらえなくなるわ」

「そうよ，こないだのあたしみたいにね。あんたのせいでしかられたのよ。あたしがねえやにひどいこといったからって……おこられちゃったわ。ママにいってやる。いってやるから」

「まあ，いじわる。……あたしないちゃう……」

P.35：

「これが最後の手紙です。……そしたらぼくは逃げ出します。商談はひとつもありません。この辺のやり方にはうんざりです。……」

P.41：

「我が友ジャン・エスコに次のものを遺贈する。1.蔵書。2.拳銃。3.車に残っている価値あるもの。オルナノ通り，70bis。1926年5月17日。アントワーヌ・ド・サン=テグジュペリ」

P.66：

「モスクワ！だが革命はどこに？」

図版中の文章の翻訳

P.67：

「一千機の爆音のもと，全モスクワで革命記念日を祝う。長蛇の黒い人波，赤の広場へ。身元証明ないと潜り込めず」

「マクシム・ゴーリキー号の大惨事。戦闘機と空中衝突。死者51人。著名な飛行家，アントワーヌ・ド・サン＝テグジュペリ特派員は，前日，この飛行機に搭乗を許された最初で最後の外国人となった。以下，同特派員による報告」

P.73：

見出し「ここでは森林を伐採するように人を銃殺する…」。小見出し「そして人々はもはや相手を尊重しない」。

P.77：

「アントワーヌ・ド・サン＝テグジュペリ。

1900年6月29日，フランス，リヨン（ローヌ）生まれ。

レジオン・ドヌール勲5等受勲者。

1921年より飛行士。飛行時間5,000時間。

著書2冊：『南方郵便機』1929年，

『夜間飛行』1931年。

次の委員会の会員および審査員：

『飛行クラブ文学大賞』，『ロビンソン』，

『フランス醜悪化反対同盟委員会』。

2冊の著書は次の言語に翻訳された：

『夜間飛行』—英語，マクミラン社。

同上，大陸の出版社，

クロスビー・インターナショナル社，パリ」

P.81：

「わたしはベルベル族の首長だった。家に帰ろうとしていた。わたしの財産である千頭の羊の剪毛に立ち会ってきたのだ。……」

P.88：

「ユダヤ的勇敢さ：このたび，飛行家にして人気作家の貴族，サン＝テグジュペリ氏は，親友イスラエル——その名の示すとおり善きキリスト教徒である——の勇敢さを，純粋な気持ちでたたえたが，折りしもアメリカ政府は，今後北アフリカのユダヤ人をすべての兵役から免除するという決定を下した。アブラハムの子孫の命はたいへん貴重である。この純粋で強い人種を保存すれば，将来その中からアフリカ諸共和国の大

図版中の文章の翻訳

統領が輩出するだろう，というのがルーズヴェルト，チャーチル，そして偉大なラビンの夢なのである」

P.93：

悄然とベルナール・ラモット宅を去るにあたり：

そこに行くときゃ腹を地に（まっしぐら）

そこに入るときゃ口を心臓《ハート》に（口をすぼめて気取り顔）

そこで食うときゃ足あげて（忍び足）

そこを出るときゃ胃は踵（腹ぺこだ）

こんなふうに器官の位置があちこち変わると疲れるよ

アントワーヌ・ド・サン＝テグジュペリ

［注］成句に含まれる二重の意味（成句としての通常の意味と語本来の意味）を使った言葉遊び。成句としての意味をカッコ内に示した。

9「星の王子さまミュージアム」散歩

サン＝テグジュペリの愛した街並が再現されている

「箱根サン＝テグジュペリ 星の王子さまミュージアム」は，1999年に箱根に開設された，世界でただ一つのサン＝テグジュペリと星の王子さまのミュージアムである。展示ホールでは，至福の子ども時代から，悲劇的な死にいたるまでの作家の生涯を豊富な写真，手紙や愛蔵品の展示で追う構成になっている。さらに子ども時代の部屋や飛行場主任として赴任したキャップ・ジュビー基地の部屋なども再現され，立体的展示であきさせない。また，映像ホールでは『星の王子さま』の幻想的なイメージ映像が上映される。作家の生涯がぎゅっと凝縮されたミュージアムである。

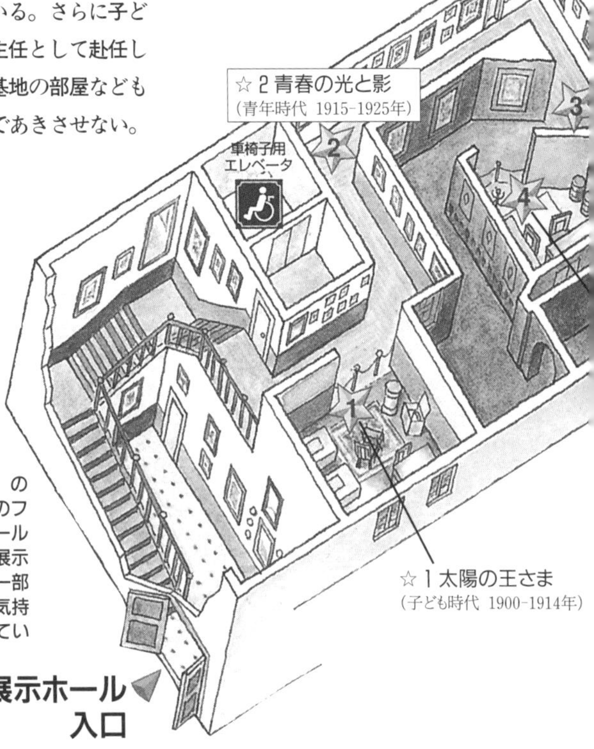

1階には「星の王子さま」のおなじみの登場人物たちのフィギュアの展示と映像ホールがある。ここで紹介した展示ホールは敷地内のほんの一部で，ほかにもさまざまな気持ちのよい空間がつくられている。

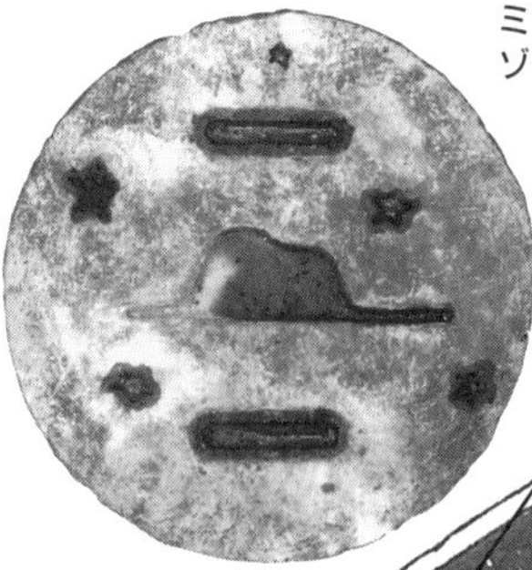

ミュージアムのマンホール。あの
ゾウをのみこんだウワバミが……

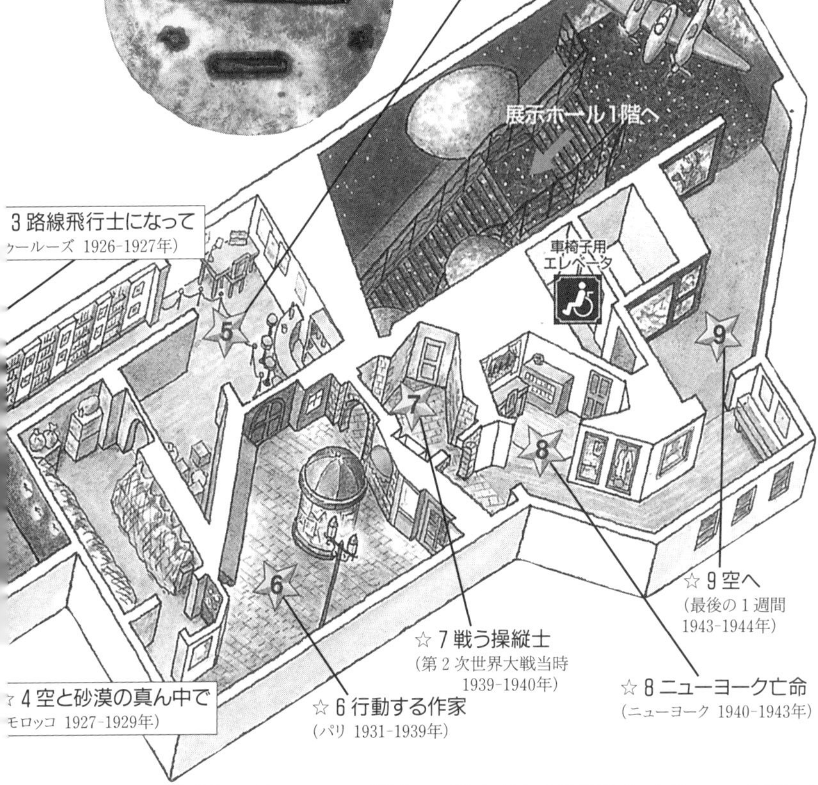

箱根☆サン＝テグジュペリ 星の王子さまミュージアム

〒250-0631 神奈川県足柄下郡箱根町仙石原字元湯場909-1
電話 0460-6-3700（代）
9時〜17時（夏期は19時） 無休
入園料 大人1500円，学生1100円，子ども700円
小田急箱根湯本駅から箱根登山バス乗車
「川向・星の王子さまミュージアム」下車
［星の王子さまクラブ・ホームページ］
http://www.lepetitprince.co.jp

⇦展示ホールのエントランス。サン＝テグジュペリの母方の祖父が所有するラ・モール城の階段を模している。壁にはさまざまな年齢のサン＝テグジュペリの写真がかかっている。

⇩「☆１太陽の王さま」と題されたサン＝テグジュペリの子ども時代の展示。サン＝モーリス＝ド＝レマンスの城館の子ども部屋が再現されている。サン＝テグジュペリは城館の庭をことのほか気に入っており，作家になってからはノスタルジックな筆致で，子ども時代を回想した。至福の子ども時代は，サン＝テグジュペリの創作のつきることのない源泉のひとつとなった。

⇨聖十字学院時代の写真や，子どものころに書いた絵や文章の展示

⇘「☆３路線飛行士になって」のコーナーでは，就職した郵便航空会社ラテコエール社での赴任先トゥールーズで，定宿としたグラン・バルコン・ホテルを再現している。

「ラ・ミュゼット」

32

⇧「☆4空と砂漠の真ん中で」のコーナーでは，サン＝テグジュペリが飛行場主任に任命されたキャップ・ジュビー基地のオフィスが再現されている(→P.45も参照)。キャップ・ジュビー以降サン＝テグジュペリの心には終生，砂漠の風景が生きづくことになる。基地の周辺はヨーロッパ人に敵意をもつ人々が住んでいたが，そのうちサン＝テグジュペリは族長のテントに招かれるようにもなった。『星の王子さま』にでてくる耳の長いフェネックギツネを飼いならそうとしたのも，キャップ・ジュビー時代のことである。また，『南方郵便機』の執筆に没頭したのもこの時代である。

⇦サン＝テグジュペリはアエロポスタル社の現地法人の支配人としてアルゼンチンに赴任した。左はブエノス・アイレスのバーの再現

⇨サン＝テグジュペリとコンスエロ（1930年代前半）

⇧1944年にサルディーニャ島の33-2偵察部隊に復帰したサン＝テグジュペリの元に『ライフ』誌のカメラマン，ジョン・フィリップスが訪れ，ふたりは友情を深めた。「☆9 空へ」と題されたミュージアムの最終コーナーでは，ジョン・フィリップスが撮影した，基地でくつろぐ最晩年のサン＝テグジュペリの姿がやきつけられた，貴重な写真が展示されている。サン＝テグジュペリは1944年 7 月，最新鋭機ライトニングP38に乗り最後の偵察飛行に飛び立つ。

⇦サン＝テグジュペリが愛用した軍用コート

⬀ミュージアム敷地内のいたるところに星の王子さまに関係する意匠がちりばめられている。
（左）1930年代のパリの街並みを再現した「飛行士通り」にある本屋の看板
（右）『星の王子さま』ファンにはおなじみの点燈夫の像

⇨幼年期をすごし，サン＝テグジュペリが心から愛したサン＝モーリス＝ド＝レマンスの城館も再現されている。展示ホールは，この館の中にある。

RUE DU
BUSINESSMAN
LUTETIA
Librairie
Frédéric

アントワーヌ・ド・サン＝テグジュペリ財団の設立に向けて

アントワーヌ・ド・サン＝テグジュペリ財団設立プロジェクトはサン＝テグジュペリの相続人グループによる発案，エスパス・サン＝テグジュペリ協会による支援で，1999年に発足しました。財団設立の趣旨はサン＝テグジュペリの思い出を保存し，具体的な行動によってこの傑出した人物の思想を引き継いでいこうというものです。このプロジェクトは作家の生誕地リヨンで，1998年２月27日に産声を上げました。

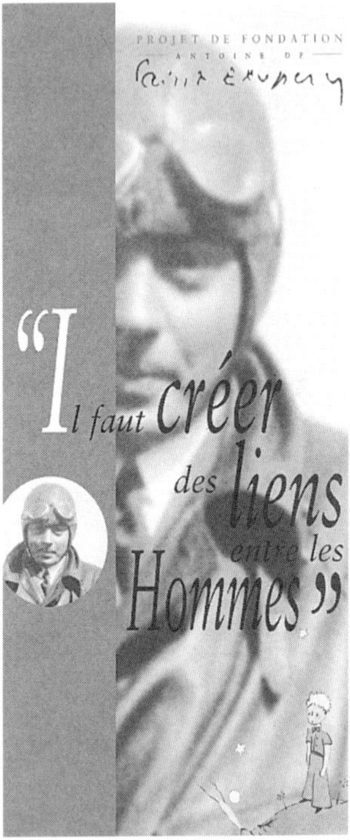

プロジェクトを実現するため，場所をえらぶ必要がありました。財団の活動拠点としては，サン＝テグジュペリが幸せな子ども時代を送ったサン＝モーリス＝ド＝レマンスの城館をえらぶのが何より自然だと思われます。財団は全力をあげてそこにサン＝テグジュペリの空間をつくり，子ども時代と生涯の資料，飛行家・発明家としての側面を示す資料のほか，手書きの原稿や私的な文章，写真，視聴覚資料，フランス語版や外国語版，参考文献，彼に関する記事や論文などを一堂に集め，そこを訪れる学生や研究者に提供するつもりです。また，ここに宿泊設備もととのえ，作家が暮らしたその場所で研究がおこなえるようにしたいと思っています。

作家の生誕百周年を目前に，財団にとって重要だと思われるもうひとつの任務は，サン＝テグジュペリのメッセージに関する幾つかの活動に参加することです。それらはおもに青少年に関する活動で，社会緊急医療救助サービスと連携して社会復帰を支援すること，フランス語圏の地位向上に協力することなどがあります（サン＝テグジュペリ青少年奨励賞，奨学金など）。

また財団は，サン＝テグジュペリの思い出に関係する活動を行っているすべての団体の支柱・主軸として，サン＝テグジュペリに捧げられた記念館や記念碑を建築・維持するための諸計画が実現するよう，助力を惜しまないつもりです（日本の箱根にある「星の王子さまミュージアム」をはじめ，コルシカ島，ニューヨーク，モロッコ，パタゴニア，レバノンの記念碑など)。サン＝テグジュペリとその作品を後世に伝えるためにさまざまな行事に出席し，作家の生誕100周年を記念して西暦2000年に世界各地で開かれる催しにも参加したいと思います。

さいごに，財団はサン＝テグジュペリの生涯，思想，作品をもっとよく知ってもらうためにさまざまな手段を開発していきます（インターネットのホームページ，研究奨学金，情報提供など)。
なお補足説明（規約，理事会，入会手続きなど）が必要な方は，つぎのような連絡方法がありますのでご利用下さい。

Projet de Fondation Antoine－de－Saint-Exupéry
(アントワーヌ・ド・サン＝テグジュペリ財団設立プロジェクト)

5, rue Roger
75014 Paris FRANCE

Tel. 01 43 22 58 90
Fax. 01 43 22 71 50

電子メール：
Saint Exupery @wanadoo.fr
ホームページのアドレス：
http：//www.saint-exupery.org

サン＝テグジュペリ略年表

1900年	6月29日アントワーヌ・ジャン＝バティスト・ロジェ・ド・サン＝テグジュペリがジャン・ド・サン＝テグジュペリ伯爵とマリー・ボワイエ・ド・フォンコロンブの第3子（長男）として生まれる
1904年	父死去。サン＝モーリス＝ド＝レマンスの城館やラ・モールの城館に移り住む
1909年	ル・マンに転居
1912年	アンベリューの飛行場で生まれてはじめて飛行機に乗る
1917年	弟フランソワ死去。海軍兵学校受験のためパリへ。サン＝ルイ高校入学
1919年	海軍兵学校不合格。パリ美術学校の聴講生に
1921年	ストラスブール第2航空隊に入隊(義務兵役)。民間飛行免許取得
1923年	ル・ブールジェ飛行場での事故で重傷。ボワロンタイル会社に入社。恋人ルイーズ・ド・ヴィルモランと別離
1924年	ソレールトラック製造販売会社に入社
1926年	文芸誌『銀の船』に短編小説「飛行士」を執筆。遊覧飛行パイロットとして臨時採用に。10月，航空郵便のラテコエール社に入社。ギヨメ，メルモーズと知り合う
1927年	トゥールーズ＝カサブランカ線，カサブランカ＝ダカール線の定期郵便飛行。サハラ砂漠の中継基地キャップ・ジュビーに飛行場主任として赴任
1929年	フランスに帰国。『南方郵便機』刊行。アエロポスタル・アルヘンティーナ社の支配人としてブエノス・アイレス（アルゼンチン）に赴任，『夜間飛行』の執筆開始
1930年	アンデス山脈に不時着したギヨメの捜索・救出
1931年	フランス帰国。カサブランカ＝ポール・ティティエンヌ間の飛行に従事。コンスエロ・スンシンと結婚。『夜間飛行』がフェミナ賞を受賞
1932年	子ども時代をすごしたサン＝モーリス＝ド＝レマンスの城館を売却
1933年	水上飛行機のテスト飛行中に事故

1934年	旧アエロポスタル社などが統合されたエール・フランス社宣伝部に勤務
1935年	愛機シムーン機を購入。シナリオ『アンヌ・マリー』を完成。11月地中海周遊。『パリ・ソワール』紙の取材でモスクワへ。パリ＝サイゴン夜間飛行の新記録に挑戦するが，リビア砂漠で墜落
1936年	スペイン内線の取材に行く。12月メルモーズ消息を絶つ
1937年	2機目のシムーン機購入。再度のスペイン内線取材
1938年	ニューヨーク＝プンタ・アレナス飛行レースで，グアテマラで離陸に失敗。重傷を負う
1939年	『人間の大地』刊行。アカデミー・フランセーズ小説大賞を受賞。7月ギヨメの操縦する飛行艇で大西洋を横断。ニューヨークでリンドバーグ夫妻にあう。9月第2次世界大戦勃発。長距離偵察を任務とする33-2偵察部隊に配属される
1940年	『人間の大地』（アメリカでのタイトルは『風と砂と星と』）が全米図書賞受賞。フランス，ドイツに降伏。動員解除後，ニューヨークに向かう。輸送飛行中のギヨメが行方不明になる
1942年	コンスエロ，ニューヨーク着。『戦う操縦士』刊行。11月連合軍が北アフリカに上陸を開始。『ニューヨーク・タイムズ・マガジン』，『カナダ・ド・モレアル』に声明文を掲載。フランス人の和解と団結を訴える。12月フランスで『戦う操縦士』発禁となる
1943年	4月『星の王子さま』刊行。北アフリカのアルジェにわたり33-2偵察飛行隊に復帰。ドゴール，アルジェに到着。国民解放フランス委員会。6月ニューヨークで『ある人質への手紙』刊行。7月フランス上空への偵察飛行。2度目の偵察で着陸ミスをおかし，予備役にまわされる。12月『戦う操縦士』リヨンで地下出版
1944年	5月サルディーニャ島の33-2偵察部隊に復帰。アルゲーロ基地に向かう。7月31日コルシカ島からフランス上空への偵察に出撃，消息を絶つ
1945年	裁判所による死亡認知
1948年	『城塞』刊行

サン=テグジュペリ関連地図

北アメリカ
ニューヨーク
アトランタ
ヒューストン
メキシコ・シティー
ベラクルス
グアマテラ
アエロポスタル社の航空路線
1935年、地中海周回飛行
1935年、パリ=サイゴン間の長距離飛行
記録に挑戦（リビア砂漠に不時着）
1937年、カサブランカ=トンブクトゥ=バマコ間の
路線調査
1938年、ニューヨーク=プンタ・アレナス間の
長距離飛行に挑戦（グアテマラで離陸に失敗）
1939年、ギヨメの操縦する飛行機で北大西洋横断
南アメリカ
ナタール
バイア
アンデス山脈
太平洋
コルンバ
サントス
リオ・デ・ジャネ
メンドサ
サンティアゴ
ブエノス・アイレス
サシアントニオ
プンタ・アレナス

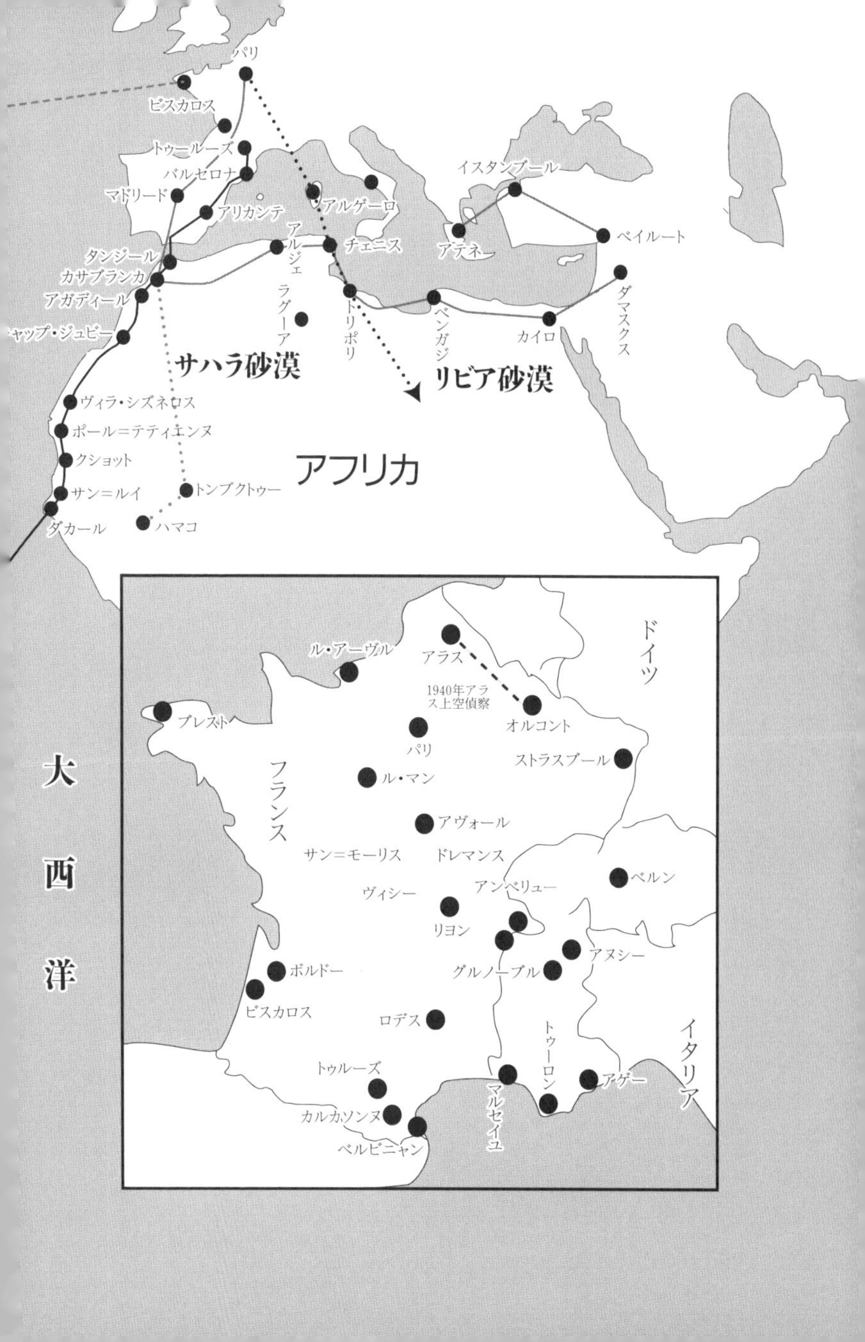
パリ
ビスカロス
トゥールーズ
バルセロナ
マドリード
アリカンテ
アルゲーロ
アルジェ
チェニス
イスタンブール
アテネ
ベイルート
ダマスクス
カイロ
ベンガジ
トリポリ
ラグーア
タンジール
カサブランカ
アガディール
ャップ・ジュビー
サハラ砂漠
リビア砂漠
ヴィラ・シズネロス
ポール＝テティエンヌ
クショット
サン＝ルイ
ダカール
トンブクトゥー
ハマコ
アフリカ
大西洋
ル・アーヴル
アラス
1940年アラス上空偵察
オルコント
ドイツ
ブレスト
パリ
ストラスブール
フランス
ル・マン
アヴォール
サン＝モーリス
ドレマンス
ベルン
ヴィシー
アンベリュー
リヨン
アヌシー
グルノーブル
ボルドー
ビスカロス
ロデス
トゥーロン
イタリア
トゥルーズ
アゲー
マルセイユ
カルカソンヌ
ペルピニャン

INDEX

あ▼

か▼

さ▼

INDEX

出典(文章)

17リード◉『人間の大地』
19小見出し◉『人間の大地』
21図版説明◉『戦う操縦士』
21小見出し◉『戦う操縦士』
21本文◉『戦う操縦士』
25本文◉『戦う操縦士』
25小見出し◉『母への手紙』
25図版説明◉『南方郵便機』
27小見出し◉『若き日の作品』
28小見出し◉『戦う操縦士』
28本文◉『戦う操縦士』
28図版説明◉『母への手紙』
30本文◉『友達への手紙』
30小見出し◉ジャン・エスコ著『畏友、サン=テグジュペリ』
31図版説明◉『母への手紙』
32小見出し◉『母への手紙』
33本文◉『母への手紙』
33小見出し◉『母への手紙』
33図版説明◉『友達への手紙』
33-34本文◉『母への手紙』
34小見出し◉『友達への手紙』
35本文◉『リネットへの手紙』
37リード◉『母への手紙』
38小見出し◉『母への手紙』
38本文◉ジャン・プレヴォーの文章。文芸誌『銀の船』(1926年)掲載。
39本文◉『母への手紙』
39小見出し◉『手記』
40本文◉『人間の大地』
40小見出し◉『リネットへの手紙』
40図版説明◉『リネットへの手紙』
42小見出し◉『リネットへの手紙』
42本文◉『リネットへの手紙』
42小見出し◉『母への手紙』
43小見出し◉『母への手紙』
45図版説明◉『母への手紙』
47図版説明◉『母への手紙』
48図版説明◉『母への手紙』
48本文◉『母への手紙』
48本文◉『ある人質への手紙』
51リード◉『リネットへの手紙』
52本文◉L.M.ドゥクールへの手紙(1950年7月8日付、フィガロ・リテレール紙掲載)
52小見出し◉『手記』
52図版説明◉『人間の大地』
52図版説明◉『手記』
53本文◉『母への手紙』
54図版説明◉『夜間飛行』
55本文◉『母への手紙』
55図版説明◉『母への手紙』
57小見出し◉『人間の大地』
57図版説明◉『人間の大地』
58小見出し◉『母への手紙』

出典（文章）

58本文◉アンリ・ジャンソン著『70年の青春』（1971年）
59小見出し◉『母への手紙』
61図版説明◉ギヨメ宛の手紙。イヴェット・ギー著『サン＝テグジュペリ』所収。
63リード◉『人間の大地』
64本文◉『ある人質への手紙』
70小見出し◉『人間の大地』
71本文◉『人間の大地』
71図版説明◉『人間の大地』
72小見出し◉『現地報告』
72図版説明◉『戦時の記録』
76-77小見出し◉『手記』
76本文◉『手記』
76図版説明◉『手記』
78本文◉パトリック・ケッセル著『サン＝テグジュペリの生涯』
78小見出し◉『母への手紙』
81リード◉『戦時の記録』
82小見出し◉『母への手紙』
82図版説明◉『母への手紙』
84小見出し◉『戦う操縦士』
84本文◉『戦う操縦士』
85小見出し◉『戦時の記録』
86本文◉『戦う操縦士』
87本文◉『戦時の記録』
89小見出し◉『コンスエロへの手紙』（未投函。秘書のメアリー・マクブライドが屑かごから回収した）
89図版説明◉『戦時の記録』、『戦う操縦士』
93本文◉P.L.トラヴァースの文章。1943年4月11日付、ニューヨーク・ヘラルド・トリビューン・ブックス紙掲載。
93小見出し◉『戦時の記録』
95図版説明◉『シルヴィア・ラインハルトへの手紙』
96図版説明◉『戦時の記録』
96小見出し◉『戦う操縦士』
97-98本文◉『X…将軍への手紙』
98図版説明◉『あるアメリカ人への手紙』
102タイトル◉『母への手紙』
108小見出し◉『人間の大地』
114小見出し◉アンドレ・ブクレールの文章。1949年7月30日付、フィガロ・リテレール紙掲載。
116タイトル◉『星の王子さま』
116小見出し1◉『人間の大地』
116小見出し2◉『人間の大地』
125タイトル◉『人間の大地』
126小見出し1◉『城砦』
127小見出し3◉『城砦』
128タイトル◉『友達への手紙』
128小見出し1◉『友達への手紙』
128小見出し2◉『友達への手紙』
129小見出し1◉『母への手紙』
130小見出し2◉『戦時の記録』

出典（図版）

【口絵】

9 背景◉『星の王子さま』（ガリマール社）のための水彩画。

5 ◉『星の王子さま』の表紙。

6 背景◉『南方郵便機』再版（ガリマール社。1950年）のための表紙装丁（ポール・ボネ作）。

6 ◉『南方郵便機』初版（ガリマール社。1929年）の表紙。

7 背景◉『星の王子さま』のための水彩画。

7 ◉文庫本『南方郵便機』（グラッセ社。1950年）の表紙

8 背景◉『夜間飛行』再版（ガリマール社。1947年）のための表紙装丁（ポール・ボネ作）。

8 ◉『夜間飛行』再版（ガリマール社。1956年）の表紙。

9 背景◉『星の王子さま』のための水彩画。

9 左◉文庫本『夜間飛行』（グラッセ社。1956年）の表紙。

9 右◉文庫本『夜間飛行』（グラッセ社。1964年）の表紙。

10背景◉『人間の大地』再版（ガリマール社。1950年）のための表紙装丁（ポール・ボネ作）。

10◉布表紙の『人間の大地』限定版。ガリマール社。1939年。

11背景◉『星の王子さま』のための水彩画。

11左◉『人間の大地』再版（ガリマール社。1941年）のカバー。

11右◉文庫本『人間の大地』（グラッセ社。1971年）の表紙。

12背景◉『戦う操縦士』再版（ガリマール社。1952年）のための表紙装丁（ポール・ボネ作）。

12◉『戦う操縦士』初版（ガリマール社。1942年）の表紙。

13背景◉『星の王子さま』のための水彩画。

13◉文庫本『戦う操縦士』（グラッセ社。1963年）の表紙。

15◉機上のサン＝テグジュペリ。1940年。フランス軍写真局。

【第1章】

16◉サン＝テグジュペリ家の子どもたちが遊んだクマのぬいぐるみ。

17◉ 7 歳の頃のアントワーヌ。

18上◉ラ・モールの城館。

18下◉父，ジャン・ド・サン＝テグジュペリ。

19上◉母，マリー・ド・サン＝テグジュペリ。

19下◉サン＝テグジュペリ家の子どもたち。サン＝モーリスにて。1905年。

20上◉聖十字架学院 4 年生のアントワーヌ。ル・マン時代。

20下◉聖十字架学院の写真帳の表紙。1913～1914年用。

21上◉聖十字架学院 4 年生の頃の作文『山高帽の冒険』（一部）。

21下◉大叔母，ガブリエル・ド・トリコー伯爵夫人。

22上左◉父方の祖父，フェルナン・ド・サン＝テグジュペリ伯爵（1833～1919年）。1880年の写真（一部）。

22上右◉父方の祖母，アリックス・ド・サン＝テグジュペリ（1843～1906年。旧姓ブロンキエ・ド・トレラン）。1890年頃。

22中◉父，ジャン・ド・サン＝テグジュペリ（1863～1904年）。1902年頃。

出典（図版）

22下◉サン＝テグジュペリ家の紋章。

22～23◉サン＝テグジュペリ家の子どもたち。左からマリー＝マドレーヌ，ガブリエル，フランソワ，アントワーヌ，シモーヌ。1907年頃。

23上左◉母方の祖父，シャルル・ド・フォンコロンブ男爵（1838～1907年）。

23上右◉母方の祖母，アリス・ロマネ・ド・レトランジュ（1844～1933年）。

23中◉母，マリー・ド・サン＝テグジュペリ（旧姓ド・フォンコロンブ）。

23下◉フォンコロンブ家の紋章。

24◉サン＝モーリス＝ド＝レマンスの城館北面。

24～25◉池の前の子どもたち。幼少期の写真。

25左と25右◉子どもたちのスケッチブックに描かれた水彩画。瓶（左）と，サン＝モーリス＝ド＝レマンス城館の付属建物（右）。

26上◉長姉，マリー＝マドレーヌ・ド・サン＝テグジュペリ。1912年頃。

26下◉サン＝モーリスの食堂。

27左◉『お楽しみ帳』の一部。

27右◉『お楽しみ帳』の表紙。

28上◉アンベリユー駅で兵士にコーヒーを配る妹ガブリエル・ド・サン＝テグジュペリ。1917年。

28下◉アントワーヌが撮影した弟フランソワの死に顔。1917年。

29上◉シュドゥール神父の準備クラス。ボシュエ高等学校。1919年。アントワーヌは前列最左。

29下◉フリブールの寄宿舎，聖ヨハネ荘のアントワーヌ。1917年。

30上◉イヴォンヌ・ド・レトランジュ（1892～1981年）。

30下◉1915年4月4日付『プチ・ジュルナル』紙の挿絵（一部）。「ツェッペリンが通り，パリは微笑む」という文章が添えられている。

30～31◉第一次世界大戦の戦闘機。『航空術の歴史』（イリュストラシオン出版部。1938年）より。

31◉ヴァイオリンを弾くアントワーヌ。サン＝モーリスにて。1917年。

32◉兵役についたアントワーヌ。1921年。

32～33◉『モロッコの風景』。フォンタナローザ作。

33◉昔の絵はがきに描かれたカサブランカの路地。

34上◉水浴を楽しむシモーヌ，アントワーヌ，ガブリエル。1923年。

34下◉ソーレ社のトラックの広告。「ソーレのトラックは世界をめぐる」。1919年。

34～35◉妹ガブリエルとピエール・ド・ジラール・ダゲーの結婚式に集まった親族。サン＝モーリスにて。1923年11月11日。

35◉カフェの便箋に書かれたジャン・エスコ宛ての手紙。1925年。

【第2章】

36◉『南アメリカへ』。アエロポスタル社の飛行機の影と盗賊団。写真誌『イリュストラシオン』掲載。

37◉フランス＝モロッコ間の航空便を宣伝するラテコエール社のポスター。

38上◉トゥールーズの空港を出発するトゥールーズ＝カサブランカ間定期便第一号の飛行機。1919年7月13日。『イリュストラシオン』誌掲載。

38下◉封筒の航空便スタンプ。
39◉トゥールーズの宿舎，グラン・バルコン・ホテル。『イカロス』誌掲載。
40上◉ミシュラン社発行のスペイン地図。1935年頃。
40下◉飛行指示の書き込みがあるスペイン沿岸部の地図。
40〜41◉ラテコエール社の航空路を飛ぶブレゲー機。1920年。
41◉ラテコエール社に入社するときに書いたジャン・エスコ宛ての遺言書。
42◉トゥールーズ＝ポール・エティエンヌ間の新航路を発表する会社の幹部。
42〜43◉キャップ・ジュビーのサン＝テグジュペリとデ・ラ・ペーニャ大佐。キャップ・ジュビーにて。1928年。エール・フランス博物館。
43◉モール人の戦士。
44◉キャップ・ジュビー要塞の主要部。1927年。エール・フランス博物館。
45上◉キャップ・ジュビーのアエロポスタル社宿舎の内部。エール・フランス博物館。
45下◉同上。
46◉ダカールの女性。サン＝テグジュペリ撮影。
47上◉アフリカの子どもとラクダ。サン＝テグジュペリ撮影。
47下◉アフリカの丸木舟。サン＝テグジュペリ撮影。
48◉解放されたレーヌとセールを乗せた船。1928年11月。『イリュストラシオン』誌掲載。
49左◉ドーラが描いたアフリカ＝南アメリカ路線図。1928年頃。
49右上◉『南方郵便機』初版（ガリマール社。1929年）の表紙。
49右下◉ディディエ・ドーラとアエロポスタル社の飛行機。ブラジルにて。1930年。

【第3章】

50◉ポテズ25型機に乗ってアンデス山脈を越えるギヨメ。『イリュストラシオン』誌掲載の挿絵。ジェオ・アン作。1932年。パリ，装飾美術図書館。
51◉ゲルラン社が1933年に発売した香水「夜間飛行」の壜。
52上◉アフリカ＝南アメリカ航路の宣伝ポスター。アエロポスタル社。1932年。
52下◉遊園地の飛行機（だまし絵）に乗ったギヨメ夫妻とサン＝テグジュペリ。ブエノス・アイレス，ルナ・パーク。1930年。
53上左◉ヨーロッパ＝南アメリカ航路の宣伝ポスターの文句。1932年。
53上右◉ヨーロッパ＝アフリカ＝南アメリカ航路の宣伝ポスター。アエロポスタル社。1933年。
53下◉アエロポスタル社のブラジル向け宣伝ポスター。1933年。
54◉パンパの飼育場。アルゼンチン，19世紀末。昔の絵はがき。
54〜55◉空から見たブエノス・アイレス。20世紀初頭。
55◉母が描いたアントワーヌ・ド・サン＝テグジュペリの肖像。1922年。
56上◉ラグーナ・ディアマンテの雪の上で転覆したギヨメの飛行機。1930年6月。
56中◉転覆したポテズ25型機の修理。1930年。
56下◉同上。
57◉ギヨメを捜索するサン＝テグジュペリ。漫画『英

出典(図版)

雄ジャン・メルモーズの生涯』より。ロベール・リゴ作。1939年。
58◉コンスエロ・スンシン。1930年代末。
59◉アゲーで結婚式を挙げたアントワーヌとコンスエロ。前の3人はアントワーヌの妹ガブリエルの子どもたち。
60上◉「アエロポスタル社の栄光と没落」を報じる週刊誌『ヴォアラ』の表紙。1931年4月。
60下◉ベッポ・ド・マッシミとディディエ・ドーラ。国立古文書館。
61左◉映画『夜間飛行』のクラーク・ゲーブル。
61右◉『夜間飛行』初版(ガリマール社。1931年)の表紙。

【第4章】

62◉パリ＝サイゴン長距離耐久飛行の途中でリビア砂漠に衝突したシムーン機の残骸とサン＝テグジュペリ。1935年12月〜1936年1月。
63◉『人間の大地』のポスター。
64上◉エール・フランスのポスター。1933年。航空博物館。
64下◉水上飛行機を試験飛行したサン＝テグジュペリの報告書。
65◉『夜間飛行』を読むサン＝テグジュペリ。
66◉『パリ＝ソワール』紙に掲載されたサン＝テグジュペリのモスクワ現地報告の見出し。1935年5月。
67上◉『パリ＝ソワール』紙でモスクワのメーデーを報じるサン＝テグジュペリの記事の見出し。1935年5月。
67下◉マクシム・ゴーリキー機の惨事を報じる『パリ＝ソワール』紙一面の見出しと写真。
68上◉映画『アンヌ・マリー』の手書きのシナリオ。
68下◉『アンヌ・マリー』のポスター。個人蔵。
68〜69◉アンドレ・ジャピーの記録を更新するため，パリ＝サイゴン長距離耐久飛行に飛び立とうとしているサン＝テグジュペリとプレヴォー。ブールジェ空港。1935年。
69◉F-ANRY号の計器板。
70◉サン＝テグジュペリと整備士プレヴォー。
70〜71◉リビア砂漠で破損したF-ANRY号。
71左◉マルセイユに到着し，カウサー号の船上で声明文を読むサン＝テグジュペリと妻。1936年1月。
71右◉『ラントランシジャン』紙に発表されたサン＝テグジュペリの手記『砂の牢獄』の第1回目。
72◉スペイン内戦の写真。1936年7月。
72〜73上下◉『ラントランシジャン』紙に掲載されたサン＝テグジュペリの記事の見出し(上)と小見出し(下)。
72〜73中◉武器を受けとるスペイン共和派兵士。
74◉映画『南方郵便機』の撮影に立ち会うサン＝テグジュペリと記録係のフランソワーズ・ジルー。
74〜75◉映画『南方郵便機』の一場面。モロッコ。1936年。
75◉映画『南方郵便機』の監督ピエール・ビヨンとサン＝テグジュペリ。モロッコ。1936年。
76◉飛行機を操縦するジャン・メルモーズ。
77上◉アメリカに行くため

出典（図版）

サン＝ラザール駅を出発するサン＝テグジュペリと妻。1938年1月。
77下◉サン＝テグジュペリの履歴書の冒頭。1938年。
78◉グアテマラ市で転覆したF-ANXR号の残骸。1938年。
79上◉サン＝ラザール駅で出迎えを受けるサン＝テグジュペリ。1938年5月。
79下◉手紙を読む母，マリー・ド・サン＝テグジュペリ。1927年。

【第5章】

80◉英語版『夜間飛行』初版の挿絵。ベルナール・ラモット作。
81◉サン＝テグジュペリの身分証明書。1939年。
82上◉オルコントの農家。1950年。
82下◉サン＝テグジュペリ。1939年。
83◉ジョゼフ・ケッセルの訪問を受けた33-2部隊。前列左からイスラエル，モロー，ケッセル，サン＝テグジュペリ，ガヴォワル。1939年12月22日。『イカロス』誌掲載。
84◉サン＝テグジュペリが持っていたフランス北部の航空地図。
84〜85上◉『城砦』の最初のタイプ原稿。
84〜85下◉アルジェのアリアス大尉とサン＝テグジュペリ大尉。1940年。
85◉挿絵つきの地図入れ。
86上◉サン＝テグジュペリと映画監督ジャン・ルノワール。リスボンにて。1940年。
86下◉ニューヨーク行きに関するサン＝テグジュペリ宛の電報。
87◉サルヴァドール・ダリ作『アメリカのクリスマスの寓意』1934年。個人蔵。
88上◉ニューヨークのサン＝テグジュペリとレイナル夫妻。1942年。
88下◉『戦う操縦士』を受けて『ノートル・コンバ』誌に掲載された反ユダヤ主義の記事。1943年3月13日。
89左と89右◉1943年と1944年に出た『戦う操縦士』の海賊版。
90左，中，右と90〜91地◉英語版『戦う操縦士』のための絵4種。ベルナール・ラモット作。1942年。
91◉英語版『戦う操縦士』（レイナル&ヒッチコック社。1942年）の表紙。
92左◉ロング・アイランドのベヴィン・ハウス。ここでサン＝テグジュペリは1942年の夏をすごした。
92右◉レオン・ウェルトへの手紙に描かれた「星の王子さま」。1943年11月10日。
93上◉ベルナール・ラモット宛の葉書。1941年。
93中◉日付のない絵。
93下◉『ある人質への手紙』（ブレンターノ社，1943年，ニューヨーク）の表紙。
94◉『星の王子さま』のための水彩画「バオバブの木」。
95左◉『星の王子さま』のための水彩画「年よりの王さま」。『イカロス』誌掲載。エール・フランス博物館。
95右◉英語版『星の王子さま』（1943年）の2種類の表紙。
96上◉NBCラジオ放送局で『公開状』を読み上げるサン＝テグジュペリ。ニューヨーク。1942年11月。
96下◉ジャック・テヴネが描いたサン＝テグジュペリ。
96〜97◉ライトニングP38の飛行隊。サン＝テグジュペリはモロッコのウージャ

出典（図版）

でこの飛行隊に属していた。1943年。

97◉「羊飼いの娘」の絵。「豚の葬儀」と名づけられた宴会のメニューにサン＝テグジュペリが描いたもの。アルジェ。1943年。

98左◉飛行地図を調べるサン＝テグジュペリ。ジョン・フィリップス撮影。1944年。

98右◉ジープを降りたサン＝テグジュペリ。アルゲーロにて。1944年5月。

98〜99◉サン＝テグジュペリ最後の偵察飛行に関する報告書の結び。1944年。

99上◉ルルー中尉の助けで機体に乗り込むサン＝テグジュペリ。サルデーニャ島，アルゲーロ基地。1944年。

99下◉サン＝テグジュペリを乗せて飛び立つライトニングP38。

100◉ユゴー・プラットが描いたサン＝テグジュペリ。『サン＝テグジュペリ，最後の飛行』（カステルマン社。1994年）所収。

【資料篇】

101◉サン＝テグジュペリと星の王子さま。モーリス・アンリ作。

102◉シルヴィア・ラインハルトに宛てたサン＝テグジュペリの手紙と挿絵。

103◉母への手紙。1910年。

104◉ジャン・エスコへの手紙。ブールジュ。1925年。

105◉アンリ・ギヨメへの手紙。カサブランカ。1927年。

108◉ギヨメとサン＝テグジュペリ。ラテ28機の前で。アルゼンチン。1930年。

111◉サン＝テグジュペリ宛ての手紙の封筒。

112◉ベルギー王からの手紙の封筒。1939年。

113◉サン＝ラザール駅に着いたサン＝テグジュペリ。1938年5月。

114◉サン＝テグジュペリが移り住んださまざまな住所を示すパリの地図。

116◉ギヨメ宛ての手紙に描かれた絵。1927年1月。

117◉『星の王子さま』のために描かれた最後の水彩画。

119◉『ある人質への手紙』（ガリマール社。1950年）の挿絵。アンドレ・デュノワイエ・ド・スゴンザック作。

120◉1935年のレオン・ウェルト。クロード・ウェルト蔵。

122◉限定本『ファラオの問題』（アルベール社。1957年）

124◉サン＝テグジュペリの特許状。

125◉サン＝テグジュペリの手。ジャンヌ・マレジウー撮影。1938年。

126◉テイヤール・ド・シャルダンのタイプ原稿の題名。

128◉サン＝テグジュペリの詩集『さようなら』のタイトルページに描かれた自画像。

133◉飛行の前に整備士プレヴォーと地図を読むサン＝テグジュペリ。1935年。

134〜141◉『星の王子さまミュージアム』の地図と展示風景

142◉アントワーヌ・ド・サン＝テグジュペリ財団設立プロジェクトのポスター。

参考文献

サン＝テグジュペリ著作集（全11巻，別巻1）みすず書房　1984年〜1989年

サン＝テグジュペリ『星の王子さま』内藤濯訳 岩波書店 1953年

カーティス・ケイト『空を耕すひと——サン＝テグジュペリの生涯』山崎庸一郎，渋沢彰訳 番町書房

ポール・ウェブスター『星の王子さまを探して』長島良三訳 角川文庫 1996年

ステイシー・シフ『サン＝テグジュペリの生涯』檜垣嗣子訳 新潮社 1997年

M・L・フォン・フランツ『永遠の少年——星の王子さまの深層』松代洋一，椎名恵子訳 紀伊国屋書店 1982年

リュック・エスタン『サン＝テグジュペリの世界』山崎庸一郎訳 岩波書店

山崎庸一郎編訳『サン＝テグジュペリの言葉』彌生書房 1997年

山崎庸一郎『星の王子さまの秘密』彌生書房 1984年

矢幡洋『星の王子さまの心理学』大和書房 1995年

CRÉDITS PHOTOGRAPHIQUES

AFP, Paris 72, 72-73b, AKG Paris/Water Limot 74 74-75, 75. Archive Photos, Paris, 79h. Archive Photos, Paris/Everett 61g. Archive Photos, Paris/Tall 19h, 20h, 31, 32, 66, 67h, 67b, 77h, 96h, 99b, Archive Photos, Paris/Tal./D.R. 15, 99g. 108. Archive Photos, Paris/© Succession Saint-Exupé 21h. Casterman 100. Jean-Loup Charmet 50 57, 68b, Coll, de l'auteur 9g, 9d, 11d, 13. Coll. famille d'Agay 22b, 23hg, 23hd, 24-25, 46, 79b, 86b, 111. Coll. famille d'Agay/photo Gallimard Jeuness 16, 17, 18h, 19b, 20b, 21b, 22-23, 25g, 25d, 26h, 27g, 27d, 28b, 34-35, 35, 40h, 40b, 41, 55, 64b, 68h, 77b, 81, 82b, 84, 84-85h, 85, 90d, 90-91, 92d, 93h, 93m, 95d, 97, 111, 122, 123, 125, 126. Coll. famille d'Agay/photo Gallimard Jeunesse/D.R. 80, 96b. Coll. famille d'Agay/photo Sygma 18b, 22hd, 22m, 23m, 24, 26b, 28h, 29h, 29b, 34h, 59, 82h, Coll, famille de Lestrange 30h. Coll. Nelly de Vogué 47h, 47b. Coll. part. 89g, 89d. Droits réservés 39, 42-43, 44, 45h, 45b, 49g, 60b, 65, 78, 83, 86h, 88h, 91, 92g, 93b, 111, 112, 134, D.R./© Succession Saint-Exupéry 128. Edimédia, Paris 64h, 87. Archives Gallimard, 5(fond), 5, 6(fond), 6, 7,(fond), 7, 8(fond), 8-9(fond), 10(fond), 10, 11(fond), 11g, 12(fond), 12, 13(fond), 49hd, 58, 61d, 63, 71d, 72-73h, 73b, 94, Archives Gallimard/Giraudon/Association Lucien Fontanarosa 32-33. Société Guerlain, Paris 51. Keystone, Paris 68-69, 70, 71g. Keystone/L'lllustration, Paris 36, 38h, 48, 56h, 76. Kharbine-Tapabor, Paris 60h, 88b. Kharbine-Tapabor/ADAGP105. Musée Air France 95g, Roger-Viollet, Paris 34b, 40-41, 42, 43, 49bd, 52b, 54-55, 56m, 56b, 62, 69, 70-71, 84-85b, 96-97, 98b, 98-99, 99h. Selva, Paris, 30b, 30-31, 37, 52h, 53hg, 53hd, 53b. Sipa Icono, Paris. Sirot/Angel, Paris 33.

[著者] **ナタリー・デ・ヴァリエール**

美術史家。ルネサンスの建築に詳しく，古いモニュメント修復のための研究をおこなっている。サン=テグジュペリは彼女の大叔父にあたる。講師や新聞の時評欄執筆者もつとめ，ドーデやラブレーの展覧会を企画した。……

[監修者] **山崎庸一郎《やまざきよういちろう》**

1929生まれ。東京大学仏文科卒業。学習院大学名誉教授。2013年7月逝去。著書に『サン=テグジュペリの言葉』(彌生書房)，『サン=テグジュペリの生涯』(新潮社)，『テイヤール・ド・シャルダン』(講談社)，『星の王子さまの秘密』(彌生書房)など。訳書にサン=テグジュペリ『夜間飛行』，『人間の大地』，『戦う操縦士』，『城砦』，『戦時の記録』(みすず書房) 他など……………………………………………………………………………………

[訳者] **南條郁《なんじょういく》子《こ》**

1954生まれ。お茶の水女子大学理学部数学科卒。仏文翻訳者。訳書に『メデオール(気象)』(トゥルニエ著　国書刊行会　共訳)，『化石の博物誌』，『象の物語』，『十字軍』，『ヨーロッパの始まり』，『ミイラの謎』，『宇宙の起源』，『アインシュタインの世界』，『数の歴史』，『ギュスターヴ・モロー』，『ラメセス2世』，『古代中国文明』(とも本シリーズ17，26，30，36，42，49，59，74，77，81，86)がある…………………

「知の再発見」双書89

「星の王子さま」の誕生

2000年 4 月20日第1版第1刷発行
2014年11月10日第1版第5刷発行

著者	ナタリー・デ・ヴァリエール
監修者	山崎庸一郎
訳者	南條郁子
発行者	矢部敬一
発行所	株式会社 創元社 本　社❖大阪市中央区淡路町4-3-6　TEL(06)6231-9010(代) FAX(06)6233-3111 URL❖http://www.sogensha.co.jp/ 東京支社❖東京都新宿区神楽坂4-3煉瓦塔ビル　TEL(03)3269-1051(代)
製本装幀	戸田ツトム＋岡孝治
印刷所	図書印刷株式会社

落丁・乱丁はお取替えいたします。

©2000 Printed in Japan ISBN978-4-422-21149-7

「知の再発見」双書

1. 文字の歴史
2. 古代エジプト探検史
3. ゴッホ
4. モーツァルト
5. マホメット(品切れ)
6. インカ帝国
7. マヤ文明
8. ゴヤ
9. 天文不思議集
10. ポンペイ・奇跡の町
11. アレクサンダー大王
12. シルクロード
13. ゴーギャン
14. クジラの世界
15. 恐竜のすべて
16. 魔女狩り
17. 化石の博物誌
18. ギリシア文明
19. アステカ王国
20. アメリカ・インディアン
21. コロンブス
22. アマゾン・瀕死の巨人
23. 奴隷と奴隷商人
24. フロイト
25. ローマ・永遠の都
26. 象の物語
27. ヴァイキング
28. 黄金のビザンティン帝国
29. アフリカ大陸探検史
30. 十字軍
31. ピカソ
32. 人魚伝説
33. 太平洋探検史
34. シェイクスピアの世界
35. ケルト人
36. ヨーロッパの始まり
37. エトルリア文明
38. 吸血鬼伝説
39. 記号の歴史
40. クレオパトラ
41. カルタゴの興亡
42. ミイラの謎
43. メソポタミア文明
44. イエスの生涯
45. ブッダの生涯
46. 古代ギリシア発掘史
47. マティス
48. アンコール・ワット
49. 宇宙の起源
50. 人類の起源
51. オスマン帝国の栄光
52. イースター島の謎
53. イエズス会
54. 日本の開国
55. ルノワール
56. 美食の歴史
57. ペルシア帝国
58. バッハ
59. アインシュタインの世界
60. ローマ人の世界
61. フリーメーソン
62. バビロニア
63. 死の歴史
64. ローマ教皇
65. 皇妃エリザベート
66. 多民族の国アメリカ
67. モネ
68. 都市国家アテネ
69. 紋章の歴史
70. キリスト教の誕生
71. アーサー王伝説
72. 錬金術
73. 「不思議の国のアリス」の誕生
74. 数の歴史
75. 宗教改革
76. シュリーマン・黄金発掘の夢
77. ギュスターブ・モロー
78. 旧約聖書の世界
79. レオナルド・ダ・ヴィンチ
80. 本の歴史
81. ラメセス２世
82. 美女の歴史
83. ヨーロッパ庭園物語
84. ナポレオンの生涯
85. ワーグナー
86. 古代中国文明
87. シャガール
88. 地中海の覇者ガレー船
89. 「星の王子さま」の誕生
90. 日本の歴史
91. 巨石文化の謎
92. セザンヌ
93. 聖書入門
94. ラファエル前派
95. 聖母マリア
96. 暦の歴史
97. ヒエログリフの謎をとく
98. レンブラント
99. ダーウィン
100. 王妃マリー・アントワネット
101. サッカーの歴史
102. 奇跡の少女 ジャンヌ・ダルク